しつこい男

身代わり若殿　葉月定光4

佐々木裕一

角川文庫
21817

目次

第一話　しつこい男

一

村上虎丸（むらかみとらまる）と高里歳正（たかさととしまさ）が出会ったのは、今から三年前のことだ。

その日、虎丸は、親友の佐治（さじ）と瀬戸内の海に船を出し、鯛（たい）釣りをしていた。

まったく釣れず、退屈していた虎丸は、一刻（いっとき）（約二時間）で五匹も釣り上げて喜ぶ佐治の後ろで仰向（あおむ）けになり、真っ青な空を眺めていた。足の指に当てている釣竿（つりざお）は、ぴくりともしない。海風と春の陽気の心地よさに眠くなり、うとうとしていると、佐治に腕をつかまれて揺すり起こされた。

鯛がきたか。

そう思い、飛び起きて竿をつかむ虎丸に、佐治は喧嘩（けんか）がはじまっていることを教えた。

指差すほうへ顔を向けると、小早船と弁才船が舳先をぶつけて、互いに怒鳴り合っていた。

瀬戸内の船乗りの中には、村上水軍の末裔が多くいる。相手が悪いと思えば、侍だろうが恐れることなく怒鳴り、海の危険をなくそうとする。

成り行きを見ていた佐治によれば、武家の小早船が荷船の針路を塞いでしまったことで、危うくぶつかるところだったという。

荷船の船頭が怒鳴ったが、侍は、そちらが悪いとばかりに怒り、舳先をわざとぶつけて喧嘩がはじまった。

因島と向島のあいだは狭いが、地元の者は潮の流れを把握しているので、よほどのことがないかぎり、船がぶつかりそうになることはない。悪いのは、強引に前を横切ろうとした武家のほうだと佐治が言うので、虎丸は船を漕いで荷船に向かった。

そうしているあいだも唾を飛ばして言い争っている双方の者たちが熱くなり、今にもつかみ合いの喧嘩になりそうだった。

虎丸が横付けすると、佐治が荷船の船べりから垂れ下がっていた縄に飛び、身軽によじ登った。

虎丸も続いて荷船に乗り移るが、こちらに気付かぬ船乗りたちは、舳先の船べりから身を乗り出し、武家に向かって罵声を浴びせている。

侍たちは刀にこそ手をかけていないが、顔を紅潮させて反論している。彼らは身分にものを言わせて、非を是にしようと必死のようにも見えた。

先に上がった佐治が、船頭を諫めようとあいだに割って入った。

すると侍が飛び乗ってきて、邪魔をするなと怒鳴り、佐治を殴り倒した。

負ける佐治ではないが、小早船が葵の御旗を掲げているので手を出せない。

高慢な侍は、大柄の佐治が御紋を恐れて手を出さぬと見て、もう一発顔を殴り、船頭には、土下座しろと迫った。

これに腹を立てた虎丸は、針路を塞いだのはそっちだろうが、と言い返した。

すると侍は、黙れ、と怒鳴り、殴りかかってきた。

虎丸が咄嗟によけたことで空振りした侍は、勢い余って船べりから落ちそうになり、なんとか踏みとどまった。虎丸はその背中をちょいと押し、侍を海に落とした。

それを見ていた侍の上役が怒り、荷船に乗り移ってくるなり虎丸を殴った。

虎丸が引き下がるわけもなく、その侍につかみかかった。そして、荷船の者たちが心配するほど激しい殴り合いとなり、虎丸が侍を海にたたき落としたことで決着がついた。

勝ち誇る虎丸のことを悔しげに見ていた侍は、小早船に泳いで戻り、配下に助け上げられると、貴様の顔は生涯忘れぬ、と叫び、離れていった。

葉月家の寝所で話を聞いていた家老の竹内与左衛門は、相変わらずの無表情で虎丸を見据えた。

「間違いないのですか」

「高松藩の公用で尾道に来ていたと、後になって天亀屋治兵衛に聞いた。間違いない。今客間にいるのは、その時喧嘩をした、げじげじ（高里歳三）の兄、高里歳正だ」

葉月定光に拝謁を願う高里歳正を拒む理由を述べた虎丸を、竹内与左衛門は見据えたままだ。

何も言わぬ竹内に、虎丸は身を乗り出す。

「そういうことだから、会わないほうがいい。追い返してくれ」

だが竹内は、首を縦に振らない。

「あなた様は亡き定光様に瓜二つなのですから、芸州弁さえ出さなければ、身代わりに気付かれませぬ。堂々としてください」

「ばれたら、まずいことになるぞ」

「若殿のご心配、ごもっともですぞ」

口を挟む坂田五郎兵衛（さかたごろべえ）に、竹内が目を向ける。

五郎兵衛は竹内に言う。

「喧嘩をした相手、ましてや負かされたとなると、その顔は忘れぬもの。三年前のことですと、はっきり覚えておりましょう。ここは若殿が申されるように、会わぬほうがよろしいかと」

竹内はしばし考えたが、

「船を操ることに優れた者ならばほしいところだが、到し方ない」

残念そうに座を立ち、歳三と歳正兄弟が待つ表御殿におもむいた。

肩の力を抜いた虎丸は、長い息を吐いた。

「危なかった。どうしても会えいうたら、どうしょうか思うたでよ」

思わずもれる芸州弁に、五郎兵衛が白い目を向けて鴨居を指差す。

（壁に耳あり、芸州弁に災いあり！）

五郎兵衛直筆の太い字に、虎丸は首をすくめる。

「すまん。つい気がゆるんだ」

「お気をつけくだされ。それにしても、御家老は珍しく肩を落とされていましたな。高里蔵正殿は、それほどの男ですか」

虎丸はうなずいた。

「高松藩随一の船乗りだ。殿様の信頼も厚く、船手方(ふなてがた)の頭領として優れていることは、喧嘩をする前から知っていた」

五郎兵衛が不思議そうな顔をした。

「それほどの者が、配下の者の横暴を許し、若殿に殴りかかったのですか」

「徳川(とくがわ)親藩の家来だというのを、鼻にかけていたのだろうな」

「しかし妙ですな。殿様の信頼厚く優れた者が、何ゆえ浪々の身に落ちぶれているのでしょうか」

「気になるなら、あとでげじげじに訊(き)いてみればいい」

「若殿は、興味がないのですか」

「ない。偉そうな奴だったから、殿様に嫌われたのではないか。まあとにかく、会わずにすんだのでよかった」

虎丸は大の字になり、ほっと一息ついた。

程なくして、竹内が戻ってきた。

表情を変えぬ竹内は、起きて正座する虎丸と対面して座ると、歳正のことを告げた。

「召し抱えることはできぬと断りましたが、歳三の手前無下にできず、下屋敷で兄弟共に暮らすことを許しました」

これには五郎兵衛が驚いた。

「御家老らしくもない、ずいぶんお優しいですな」

竹内がじろりと睨む。

「らしくもない、か」

五郎兵衛が慌てた。

「これは、ご無礼を。しかし、若殿の顔を知る者を、何ゆえとめ置かれます」

「今は、船乗りが一人でもほしい。公儀から出役の命がくだれば、歳三を手伝い、川に出てもらうこととした」

五郎兵衛は渋い顔をした。

「危ういですぞ」

だが、竹内は動じることなく、虎丸に顔を向ける。

「若殿がこの屋敷におわす限り、歳正殿と顔を合わせることはないかと」

外に出るなと釘を刺す竹内に、虎丸は苦笑いで応じる。

「自重します」

「自重……」

「出ません出ません。大人しくしています！」

自棄気味の態度で言ったものの、ふと、脳裏に鯉姫の顔が浮かんだ虎丸は、秘密を知られたことを言おうか迷った。

「言いたいことがあれば、遠慮なく申してください」

迷いを見逃さぬ竹内が言うので見ると、探るような眼差しをしている。

虎丸は目をそらし、

「何もない」

そう言うと立ち上がり、庭に出た。

池のほとりに立ち、主の黒鯉を探していると、蓮の葉の下から出てきた緋鯉を追うように、黒鯉が顔を出した。緋鯉から離れた主は、虎丸の足下へ近づいてきた。

しゃがんだ虎丸は、膝を抱えて見つめる。

「屋敷で大人しゅうしとれぇゆうて、言われてしもうた。正体がばれたらおしまいじゃけ、お前さんみたいに、長年同じ場所におるほうが、長生きできるんかのう」

　悠々と泳ぐ主は、虎丸の眼下を横切ろうとしていたのだが、急に向きを変えて尾びれで水面をたたいた。

　顔に水を散らされた虎丸は、顔をしかめて袖で拭い、立ち上がった。対岸の庭に気配を感じたのはその時だ。

　目を向けると、築山の上にあるもみじの枝が揺れていた。

　主が急に潜ったのは、気配に驚いたからに違いない。

「誰かいるのか」

　返事がないが、確かに気配を感じていた虎丸は、築山に足を向けた。その先は奥御殿の庭があるので、どうにも気になる。

　誰かがこっそりこちら側に来ているのなら、楽しみにしている主と会うのも気が抜けなくなる。それは困ると思い、隠れている者を突き止めに走った。

　枝の揺れがおさまっているもみじのところに行ってみると、そこには誰もいなかった。あたりを探してみたが、今は気配も消えている。

　奥御殿と隔てられている板塀に顔を寄せ、隙間からのぞき見た。庭木の葉に邪魔されて、何も見えない。

「姫様、姫様」

若い女の声がした。

あの恐ろしげで、厳しそうな奥方が近くにいる。

付き人の高島を奥方の月姫と思い込んでいる虎丸は、急いでその場から離れて池のほとりまで駆け下りたのだが、腕組みをしてもみじに振り向く。

「確かに、気配があったんじゃがのう」

首をかしげて、寝所に戻った。


「姫様、お姿がないので心配しました。また、雪ノ介が逃げたのですか」

こっそり部屋に戻っていた月姫は、真っ白な毛の猫を抱いて頭をなでながら、幸せそうな笑みを浮かべている。

高島は、月姫のこころここにあらずといった様子に、いぶかしむ顔をした。

「姫様？」

ようやく気付いた月姫が、穏やかな顔を向ける。

「何か申しましたか？」

「お姿が見えなかったようですが、どちらにおられたのです」

「雪ノ介を捜していたのです。ねえ、雪ノ介」

頭に頬を寄せて可愛がる月姫の姿に、高島は安堵し、唇に笑みを浮かべた。

二

翌日、虎丸は、竹内に言われたとおりに、屋敷で大人しくしていた。

寝所の廊下で寝転び、空高く浮かぶ綿のような雲を眺めているうちに、ふと、尾道の亀婆を思い出した。

千光寺の下にある天亀屋の別宅に、黒猫の小梅と暮らす亀婆は、まめに暮らしているだろうか。

別宅を訪ねた時、虎丸は縁側に寝転がって、空と瀬戸内の景色を眺めながら昼寝をしていた。目をさませば、亀婆が煮炊きをする出汁の香りがしていて、夕餉を楽しみにしていたものだ。

めばるの煮つけ、さざえの炊き込みご飯に、鯛の刺身。

虎丸、飯を食え。

お歯黒を見せて言い、旨い料理を食べさせてくれていた亀婆のことを思うと、無性に会いたくなったが、

「叶わぬことを思うても、寂しゅうなるだけじゃ」

ため息と共に吐き出した虎丸は、寝返りをして庭に背を向けた。

座敷に控えていた五郎兵衛が、心地よさそうに居眠りをしている。

朝から寝所に引き籠もり、することがないのだから眠くなるのは当然だ。

ああ、身体がだるい。

胸の内でつぶやき、仰向けになってため息をついた。

廊下に足音がしたので起き上がって顔を向けると、小納戸役兼小姓組頭の恩田伝八が角を曲がって来た。

竹内ではなかったので、ふたたび横になろうとした虎丸に、伝八が駆け寄って言う。

「またしても歳三の兄が来て、若殿に目通りを願うております」

虎丸は首をかしげた。

「納得して帰ったのではないのか」

「それが、今日は焦った様子で、どうあっても若殿にお目通りしたい、直に、お願

いしたいことがある。と申して、居座っているそうです」

「誰が相手をしているのだ」

横から訊く五郎兵衛に、伝八が答える。

「御家老が相手をしておられますが、お困りのご様子です」

そこへ、竹内が来た。

いつもの無表情で廊下を歩む竹内は、虎丸に中へ入るよう促して先に入り、寝所の次の間に正座した。

虎丸が竹内の前に立ち、膝を突き合わせて座る。

障子を閉めさせた竹内は、無表情を崩さず告げる。

「歳正殿が、どうあっても若殿にお目通りしたいと粘りますゆえ、昨日から高い熱が出ていることにして帰しました」

虎丸は顔をゆがめた。

「まさか、寝所から出るなとは言わぬよな」

「そのまさかです。昨日、若殿が池のほとりにおられたことが、歳正殿の耳に入っておりました。おそらく家来の誰かから、弟の歳三に伝わったものかと。皆の口を塞ぐのは難しいことですので、当分のあいだ、寝所から出られませぬように」

確かに、寝所に戻る時遠目に家来を見たが、こちらに気付いているようには思えなかった。

竹内は、歳正を利用して寝所に閉じ込めようとしているのではないか。

疑う眼差しを向ける虎丸に、竹内が動じる様子は微塵もない。

「歳正殿があきらめて来なくなるまでの辛抱です。どこか焦っている様子でしたが、十日もすればあきらめましょう」

「十日も閉じ込めるつもりか」

「昨日の今日です。病を嘘と勘付いていなければ、今日であきらめているかもしれませぬ。正体がばれぬためにも、決して外に出られませぬように。よろしいですね」

拒んだところで、締め付けが厳しくなるだけだと思った虎丸は、歳正に会わぬためだと自分に言い聞かせて、素直に従った。

その翌日、歳正はあきらめるどころか、

「殿にこれを。熱に効く妙薬にございます」

薬屋で求めた高価な熱さましを置いて帰り、次の日は、

「お加減は、いかがか」

と、心配して訪ねてきた。

弟を仕官させてくれたことを恩に思っているようでもあるが、心底には別の思いがあると疑う竹内は、続けて通う歳正の根気に負け、座敷に上げた。

「若殿の具合は、いただいた薬のおかげもあり、日に日にようなられている」

仮病だと言えるはずもなく、薬の礼を込めてそう言うと、歳正は安堵の顔をした。

無理な目通りを願うことなく辞そうとしたので、竹内は引き止めた。

「何度来られても、殿は家来でもないそなた様には会われぬ。あきらめられよ」

座りなおした歳正は、両手をついて懇願する。

「是非にも、川賊改役の定光様に、お願いしたきことがございます」

「殿は、川賊改役控え、である。用件ならば、家老のわたしからお伝えいたす」

「直にお会いして、お願いしとうございます。何とぞ、お目通りを願います。何とぞ」

引き下がるどころか迫って願う熱意に、竹内は、どうしたものか考え、程なく答えを出した。

「ならば、当家の家来である歳三をよこされよ。代わりに、若殿に願いを伝えてもらうのはどうか」

竹内の提案に、歳正は暗い顔をした。

「それは、できませぬ」

「何ゆえか」

「話す勇気がございませぬ」

「勇気……」

見据える竹内に、歳正ははっとした。

「申しわけございませぬ。勝手をお許しください。定光様に、すべてお話しします。どうか、お目通りを」

畳に額を当てて懇願する様に、竹内は無表情ながらも、内心は穏やかではない。

「目通りは叶わぬが、文を渡すことならできる。どうしても願いたいことがあるならば、これよりしたためられてはどうか」

顔を上げた歳正は、暗い顔で居住まいを正した。

「今日のところは、これにて。また明日、お願いに上がらせていただきます」

止めるのも聞かずに、帰っていった。

竹内は、歳正が去り際に見せた目つきの厳しさに、

（秘密がばれているのではないか）

という不安に襲われた。

虎丸に思い当たることはないか訊くべく、寝所に急いだ。

竹内から話を聞いた虎丸は、首をかしげた。

何も言わぬ虎丸に、竹内が訊く。

「よく思い出してください。外で頭巾（ずきん）を取ったことはございませぬか」

「顔を見た者は、武蔵屋小太郎（むさしやこたろう）と奉公人が何人かいるが、ほかには見られていないはずだ」

「はず、ですか」

竹内は、珍しく顔を曇らせた。

横にいる五郎兵衛が口を挟む。

「念のため、歳正殿と会わぬほうがよろしいですな。あきらめるまで、仮病を続けましょう」

先は長そうだが、正体がばれるよりはましだ。

虎丸はそう思い、引き続き寝所に籠もった。

翌日も、その次の日も、歳正はあきらめることなく通ってきた。

竹内は会いもせず、配下の者に追い返すように命じた。

そして日が経ち、十日目の朝、しびれを切らせた歳正は、竹内に目通りを願い、

「これを、何とぞ定光様にお渡し願います」

文を差し出した。

受け取った竹内は、固く封をされた文と、歳正の必死の顔を見て、

(尋常のことではない)

そう直感した。

「しばしここで待たれよ」

歳正を家老部屋に待たせた竹内は、寝所に急いだ。

文を見た虎丸は、ため息をついた。

文は小難しい言葉が並んでいたが、要約すればこう書いてある。

目通りを許されぬは至極残念ですが、命を惜しまず励みますので、弟歳三と配下の方々と共に、早船をお貸し願いまする。

「どうやら、ばれてはいなかったようだ」

ぼそりと言い、文を竹内に渡した。

目を通した竹内が、達筆の文を膝に置き、何かを考えている。

虎丸は意見を求めた。

「船手方を貸してほしいというのは、どういうことだろうか」

これには五郎兵衛が驚いた。

「船手方を貸せですと。そのようなことを頼むために、若殿に目通りを願うていたのでしょうか」

竹内は首を横に振った。

「あの者の焦りと必死さは、尋常ではない。内に秘めた何かがあるに違いないと思うていたが、この文にも書いていないのは、わたしに見られると思うてのことかもしれぬ」

五郎兵衛が難しい顔で腕組みをした。

「では、若殿にならわけを話しましょうか」

虎丸は焦った。

「ばれたらいけんけ、わしは会わんで」

竹内に睨まれて、虎丸は芸州弁を改めた。

「顔を見られれば、必ずばれる。会うのは命とりだ」

竹内が言う。

「されどこのままでは、歳三と共に勝手なことをしかねませぬ。わけを訊いたほうがよいと思いますが」

「頼って来たわけは知りたいと思うが、頭巾を着けて出るわけにもいかぬし、どうしたものか」

何か手はないものかと頭をひねった虎丸は、いいことを思いついた。

「駕籠(かご)に乗ったまま大広間に出るのはどうか」

五郎兵衛が賛同した。

「よい手ですな。人に移る病だと言えば、歳正殿は納得しますぞ。御家老、いかがです」

「元は親藩の家来だ。果たしてそのような無礼を納得するだろうか」

「訊いてみられては、いかがか」

五郎兵衛に言われて、竹内は渋々、歳正のところへ戻った。

「と、いうことだが、いかがか」

竹内の提案に、歳正は明るい顔をした。

「是非とも。お願い申します」

逆に竹内が驚く。

「まことによろしいのか。駕籠でござるぞ。お姿は、見れぬのだぞ」

「それがしは病が移ってもかまいませぬが、定光様のお気持ちを思うと、無理は申せませぬ。直にお話しできるなら、それでよろしゅうございます」

「では、大広間で待たれよ」

竹内は配下に命じて歳正を大広間に案内させ、寝所に急いだ。

三

六左(ろくざ)とその配下たちが担ぐ黒塗りの武家駕籠が、大広間の上段の間に入った。

小窓から部屋の中を見た虎丸の前で、正座していた歳正が平身低頭した。

一瞬だけ見えた顔は、間違いなく、三年前に殴り合いをした男だ。

虎丸は、歳正のほうこそはっきり覚えているはずだと思い、冷や汗が出てきた。

その汗を拭う間もなく、歳正が言う。

「本日は、病を押してそれがしの願いをお聞きくださり、恐悦至極に存じまする」

相変わらず大きな声を出す男だ。

虎丸は、指で鼻をつまんだ。

「面をあげよ」

素っ頓狂（とんきょう）な鼻声に、竹内が顔を向けてきた。駕籠のそばに控えている五郎兵衛は、笑いをこらえる顔をして、自分で太ももをつねっている。

歳正は、これが定光の声だと思っているらしく、大真面目な顔を上げ、背筋を伸ばした。

虎丸が鼻をつまんだまま訊く。

「文は読んだ。歳三と当家の船手方を使いたいわけを、聞かせてくれ」

歳正は駕籠の中を見透かすように、目を向けてきた。

虎丸は思わず、戸から顔を離した。

歳正が膝を進めたので、竹内と五郎兵衛が警戒した。

両手をつき、じっと駕籠を見つめた歳正が、神妙な面持ちで口を開く。

「それがしのすべてを奪った海賊が江戸に隠れ、川賊となって悪事を働いておりますゆえ、この手で、成敗したいのでございます」

右手に拳をつくり、悔しそうな歳正に、竹内が冷静に訊く。

「遺恨のもつれか」

「いかにも。しかしこれは、川賊を取り締まる葉月家にとっても重大なことにございます。奴らは川賊となっておりますので、このままにしておけば、いずれ必ず、大きな災いになりましょう」

竹内が探る目を向ける。

「川賊が出たとは聞いておらぬが」

「江戸の川で大仕事をしていないだけかと」

「いずれは、江戸の川を荒らすと申すか」

「必ず。奴は、根っからの悪党でございますゆえ」

竹内に向けられた熱のこもった眼差しに、駕籠から見ていた虎丸は、歳正の苦悩が分かった気がした。

竹内もそう感じたのか、厳しい顔をしている。

「その者の名は」

訊く竹内に、歳正は身を乗り出した。

「海賊の名は、淡路の鬼雅」

名を聞いた虎丸は、目を見張った。

「なんじゃと！」

鼻をつまむのも忘れて思わず出た芸州弁に、歳正が不思議そうな顔を向け、目を見張る。駕籠のそばに控えていた五郎兵衛が、仁王のように目をかっと見開き、片膝を立てて、さも自分が言ったようにしていたからだ。

五郎兵衛がさらに、

「もういっぺんゆうてみい」

と、つたない芸州弁で言うので、歳正はたじろぎつつ応じた。

「先ほどの驚きようは、淡路の鬼雅を、すでにご存じのご様子。早く申し上げるべきでした」

「いや、その……」

知らぬ五郎兵衛は、言葉に詰まった。

咳ばらいをした竹内が、

「人違いであろう。我らは知らぬ名ゆえ、鬼雅と申す悪党のことを、詳しく聞かせていただこう」

とりつくろい、芸州弁に対する歳正の気をそらす。

応じた歳正は、虎丸が口を押さえて焦っていることを知る由もなく、神妙な態度で駕籠に向かい、語りはじめた。

高松藩の船手奉行だった歳正は、公用で大坂に行った帰りの船旅の途中で鬼雅とその一味に襲われ、新造したばかりの御座船を沈められたばかりか、藩主の側室になるはずだった摂津の庄屋の娘を攫われたという。

話を聞いた竹内は驚きを隠せぬようで、遠慮なく思いをぶつけた。

「それで、よく生きておられる」

驚くのも無理もない。大失態を犯したのだから、切腹を命じられても不思議ではない。

歳正は、どこか遠くを見るような目をして、語りを続けた。

激しい攻防で重傷を負っていた歳正は、配下に助けられて高松城下へ運ばれ、一命をとりとめていた。半月ものあいだ生死をさまよった末に意識を取り戻した時、己にとって命よりも大事な藩の船を沈められたばかりか、藩主の側室になるはずだった庄屋の娘を守れなかったことを悔い、腹を切って詫びようとして、付き添いの者に止められていた。

そのことを知った藩主は、歳正のもとへ国家老を遣わし、切腹を許さぬことと、鬼雅の首を必ず取るよう命じた。家禄と屋敷を没収された歳正は、同輩の屋敷へお預けの身となり、傷が癒えるとすぐ、城下を追い出されたのだ。

妻帯をしておらず、両親もすでにこの世にいなかったことが幸いだった。

城下を出された歳正は、父から受け継いだ御家を潰したことを悔やみ、すべてを奪った鬼雅を憎んだ。大坂で二度ほど、鬼雅の隠れ家を突きとめた歳正は、役人の助太刀を得て捕まえようとしたのだが、すんでのところで気付かれてしまい、姿を消されていた。

その後も捜し回っていた歳正は、風の便りに、鬼雅が名を変えて江戸に潜伏し、川賊になっていることを知ったのだ。

諸国を旅した末に江戸に腰を落ち着けた弟の歳三が葉月家の家来になったのはそんな時だった。同輩から、弟の歳三が旅を終えて葉月家に仕官することとなったそうだという便りを受け取った歳正は、弟を頼って江戸に来た。二年ぶりに再会した歳三には、役目をしくじり御家を潰したとは言えず、藩の密命を受けて、一人で鬼雅を捜していると、嘘をついていた。

諸国を旅していた歳三は、親戚縁者と疎遠気味だった上に、歳正が口止めをしていたこともあり、兄の身に起きたことをまったく知らない。

密命を受け、たった一人で凶悪な賊と戦おうとしている兄の力になりたい一心で、葉月家に連れて来ていたのだ。

すべてを明かした歳正は、駕籠に向かって身を乗り出し、懇願した。

「弟と共に鬼雅を追わせてください。奴を生かしておけば、必ず災いをもたらします。どうか、どうか」

虎丸は気の毒に思い、鼻をつまんで許すと言おうとしたのだが、その前に竹内が口を開いた。

「そなた様の身に起きたことはまことに不運で気の毒だが、先ほども申したとおり、葉月家は川賊改役の控えゆえ、出役の命があるまで動けぬ」

「無理を承知でお願い申します。弟は、日々川に出ているはず。その折に、探索を……」

「ならぬ」

竹内にきっぱり断られた歳正は肩を落とし、駕籠に向かって頭を下げた。

「押しかけて、勝手を申しました。これに懲りず、どうか、弟歳三をよしなにお願い申し上げますする。では、ごめんつかまつります」

歳正は伝八に付き添われて、大広間から出ていった。

虎丸は駕籠の戸を開けて這い出ると、額の汗を拭った。

「五郎兵衛、これで、もう来ないな」

「はい。あの落胆ぶりでは、来ますまい」

「ふう、助かった。竹内、庭に出てもよいか」

「よろしいでしょう」

虎丸は笑みを浮かべて庭に顔を向けたが、内心は、歳正のことが気になった。

視線を感じたのでそちらに顔を向けると、竹内が見据えていた。

「その顔は、手を貸したそうに見えますが」

見透かされていると感じた虎丸は、膝を転じて向き合う。

「歳正が言うとおり鬼雅が来ているなら、放ってはおけないぞ。鬼雅の悪党ぶりは、噂で聞いたことがある。牡蠣船を守って大坂へ行く際に恐れていた海賊だ」

「その話は終わりです」

竹内は聞く耳を持たず立ち上がったので、虎丸は追いすがった。

「竹内、聞いてくれ」

「聞きませぬ。鬼雅とやらに関われば、歳正殿に顔を見られますぞ」

「それは、そうかもしれぬ。だが鬼雅は……」

「公儀にばれれば、葉月の御家は断絶。家臣一族郎党が路頭に迷います」

「分かっている」

「では、勝手なことは慎まれますように」

竹内はきつく釘を刺し、寝所に戻るよう促す。

歳正に顔を知られているのだから、竹内が言うことはもっともだ。

叱られた犬のようにうつむいた虎丸は、五郎兵衛と共に寝所に戻った。

四

渡し船を使って南本所(みなみほんじょ)に戻った高里歳正は、対岸に公儀の米蔵を望む川端の道を歩きながら、大川(おおかわ)を行き交う船を見ていた。

西日を受けながら川上を目指すのはほとんどが猪牙舟(ちょきぶね)で、弟いわく、江戸で一番の遊郭に行く者が乗っている。ゆえに、客の遊び金を狙う川賊が時たま出る。

鬼雅は今、何と名を変えているのか把握していない歳正は、海で暴れていたほど大仕事はせず、目の前を川上に急ぐ猪牙舟を狙い、ちまちま小銭を稼いでいるのではないかと推測した。

江戸にいる、というだけで追って来たものの、鬼雅の名も、影さえも見えない。

葉月家の者なら、何か知っていると思い通い詰めたが、あてが外れた。

落胆の息を吐き捨てて川から視線を転じた歳正は、葉月家下屋敷の脇門を潜った。

長屋に帰った歳正を、歳三は心配そうな顔をして迎えた。

「今日も、殿に会えませんでしたか」

歳正はしかめっ面で足を拭い、座敷に上がった。

「兄上、お会いできたのですか」

なおも訊く弟に、歳正はあぐらをかき、おもしろくなさそうに言う。

「移る病だと申されて、駕籠のまま大広間に出てこられた」

「なんと」

驚く歳三に、歳正は厳しい顔をする。

「定光殿は、そうとう重い病ではないか。お前、何も聞いておらぬのか」

「詳しいことは、何も」

「このまま仕官しても、先が不安だな」

「長らく病を患っておられましたので、その病がぶり返したのでしょうか」

「わしを召し抱えぬのも、そのためかもしれぬ」

「兄上は、召し抱えると言われてもお困りでしょう」

歳正は笑みを作った。

「まあ、そうなのだが」

「それより、殿はなんと。我らと早船を貸すと言うてくださいましたか」

歳正は首を横に振った。

「できぬと言われた。鬼雅が江戸の川を荒らすようになれば、困るのは葉月家だというのに、あの竹内と申す家老は、融通が利かぬ石頭だな」

「そのようなことはないと思いますが、貸さぬわけはなんと」

「川賊改役控えゆえ、出役の命がなければ動けぬと言われた」

「そこまで、厳しい縛りはないと思いますが」

「何、それは確かか」

「川賊改役のお頭の許しはいりますが、現に、配下の同心、柴山昌哉(しばやましょうさい)は川に出て、怪しい船を見張っております」

歳正は不機嫌な面持ちとなった。

「お前が馬鹿正直に許しを得よと申すから、しつこく足を運んだのだ。言いたくもないことまでしゃべって許しを乞うたというのに、無駄足ではないか。こうなったら、柴山殿のように川に出るお前に同道して、鬼雅を捜す。どうだ。乗せてくれるか」

「ですからそれは、できないと言うたではありませんか。見張りと探索は話が違います。御家老がお頭の許しをいただかなくては、勝手に探索はできませぬ」

「たった一人の兄の頼みを聞けぬと言うのか」

「できませぬ。たとえ血を分けた兄弟でも、それがしは今、葉月家の家来です。許しなく、高松藩の密命を帯びている兄上に加勢するのは、殿に背くことになります」

「お前も堅物だな。もうよい、頼まぬ」

弟はまだ、高里家がお取り潰しとなったことを知らない。

今や高松藩士と胸を張れぬことを弟に言えぬ歳正は、不甲斐ない自分に腹が立ち、膝を転じて背を向け、悔しそうな顔をした。

そんな兄の心底を読めぬ歳三は、単に心配し、どうすべきか考えた。そして、あることを思い出して明るい顔をする。

「兄上、兄上の力になってくれる者がいました」

歳正は振り向く。

「わしの力になるだと」

「はい」

「早船を持っている者か」

「船は持っていませんが、凶悪な川賊を何人も倒しています」

歳正は身を乗り出した。

「何者だ」

「名は、芸州虎丸と申します」

「虎丸……。好かぬ名だ」

「兄上と大喧嘩をした村上虎丸ではないですよ。芸州虎丸です」

「分かっている。村上虎丸は尾道の者だ。江戸におるわけがない。しかし芸州などと、いかにも怪しい。何者だ。広島藩に関わりがある者か」

「よくは知りませぬが、川賊を許さぬ善人に違いはございませぬ。鬼雅のような悪党が江戸にいると知れば、必ず力になってくれるはずです。話だけでも、してみてはいかがですか」

今の己に拒む理由があるはずもなく、歳正は即決した。

「分かった。会うてみよう。その者のところへ案内してくれ」

すると歳三は、ばつが悪そうな顔で後ろ首をなでた。

「実は、家を知りませぬ」

歳正は鼻で笑った。

「お前は相変わらず慌て者だ。居場所も知らぬ者を、どうやって頼れというのだ」

「武蔵屋の早船に乗っていたのを見た者がいますので、これから行ってみますか。家を知っているかもしれません」

「芸州とやらは、まことに、川賊を倒しているのか」

「はい。かなりの遣い手だそうです」

歳三よりは頼りになりそうだと思った歳正は、誘いに応じて下屋敷を出た。

江戸の地理に慣れている歳三は、迷うことなく武蔵屋にたどり着いた。

だが、あるじの小太郎は期待に反して、

「芸州虎丸様は確かにおいでになりますが、謎のお人でございますので、いつ来られるかも分からないどころか、御屋敷も知りません。ただ、御身分がおありだというのは分かります。手前の想像ですがね」

まるで、煙(けむ)にまくような言いぐさだ。

葉月家の者だと名乗っている歳三たちを、家に招き入れるでもなく、武蔵屋の前で立ち話をさせる小太郎の、こちらを探るような態度に、歳正はうさん臭さを覚えずにはいられない。

無駄足だったと引き下がろうとした歳正の袖を引き止めた歳三が、小太郎に言う。

「この者はそれがしの兄なのだが、実は今、江戸に災いをもたらしかねぬ大悪党の海賊を追っている」

小太郎の顔つきが一変して険しくなった。

「海賊ですって」

「うむ」

「そいつの名はなんといいます」

「『淡路の鬼雅』だが、江戸では名を変えているかもしれぬ」

「分かりやした。虎丸様が来られましたら、話しておきます」

態度を変えた小太郎を見込んだ歳正は、歳三の肩をつかんでどかせ、前に出た。

「こちらに顔を出された時は、是非とも、葉月家の船手方をしているこの弟に知らせていただきたい。直にお会いし、わしに加勢をお願いしたいのだ」

虎丸を頼ろうとする歳正に、小太郎は厳しい目を向ける。

「お侍一人では、倒せぬ悪党なので？」

歳正は悔しそうに奥歯を噛み、うなずいた。

「恥ずかしながら、わし一人では勝てぬ。芸州殿は、かなりお強いと聞いたが相違ないか」

「右に出る者はいませんや」

「ならば是非とも、お力を貸していただきたい。お知らせ願えるか」

「分かりました。御下屋敷でよろしいのですね」

「頼む」

歳正は神妙に頭を下げた。

歳三と共に帰ろうとした時、武蔵屋の隣が急に騒がしくなったので見ると、城田屋の表に出てきた者たちが慌てふためいていた。

小太郎が駆けつける。

「おい、どうした！」

声をかけると、城田屋の番頭が今にも泣きそうな顔で歩み寄り、小太郎にすがりついた。

「たった今、旦那様が大怪我をしたとの知らせが来たのです」

「なんだと！　それで庄司は、今どこにいるんだ」

「もうすぐ運ばれてきます」

「運ばれるって、歩けないのか」

「そのようです。川賊に襲われて……」

「おい、いかがした」

川賊と聞いて歳正が声をかけると、小太郎が振り向いた。

焦った顔を歳三に向け、歳正に言う。

「城田屋のあるじが、川賊に襲われたそうです」

歳三は城田屋の様子を見て、小太郎に言う。

「武蔵屋と同業の者か」

「はい。あるじの庄司は、手前の友でもありやす。腕っぷしも強い野郎ですから、よほどの相手じゃなきゃやられることはないのですが」

「どいてくれ！」

「道を空けてくれ！」

通りに大声がして、戸板にうつ伏せになった庄司が運ばれてきた。

治療をされたのか、肩から背中にかけてさらしを巻かれているものの、血がにじんでいる。顔も青く、痛みに苦しむのを見て、小太郎は駆け寄り、声をかける。

「おい庄司、しっかりしろ！」

　すると庄司は、気丈に笑って見せた。

「慌てるな、こんな傷で死んでたまるか」

　番頭が暖簾を分けた。

「急いで中へ。医者を呼んでいますから、布団で横になってください」

　運んで来た者たちは中に入り、板の間にそっと戸板を置いた。

　その僅かな衝撃でも庄司は痛がるので、医者が来るまでここから動かすなと小太郎が言う。

　その小太郎を押しどけて、歳正が割って入った。

「川賊に襲われたというのはまことか」

　見知らぬ浪人者に、庄司は戸惑った顔をした。

　小太郎が止めようとしたが、歳正は聞かない。

「それがしは、凶悪な賊を追っている。頼む。詳しく聞かせてくれ」

　庄司は小太郎に問う顔を向けた。

「ほんとうだ。こちら様の弟さんは、葉月家の船手方だ」

「ああ、葉月様の。そういうことでしたら、お上がり、痛っ……」

誘おうとして顔をゆがめる庄司を見て、番頭は気が気でない様子で言う。

「旦那様、無理はおよしください。まずはお医者様に診ていただかないと」

「馬鹿言うな。せっかく、葉月家のお方が来てくださったのだ。おれをこんな目に遭わせた野郎を捕まえていただくためにも、話を聞いてもらう。どうぞ、お上がりになってください。おい、お茶をお出ししろ」

応じた番頭が、不安そうに取り巻いていた店の女中に茶を持ってくるよう言いつけた。

歳正は歳三を促して板の間に上がり、庄司のそばに正座した。

歳正が、賊はどのような男だったか訊くと、庄司は傷の痛みに苦しみながら教えてくれた。

「身の丈は六尺（約百八十センチ）もある大男で、恐ろしい目つきをした、鬼のような野郎でした。荒川をくだって荷物と人を運んでいた時、突然襲われて、銭と客の女たちを奪われ、船を沈められました」

歳正は、歯噛みをした。

「その賊の名は分かるか」

「分かりません」

「どのように襲われたのだ」

「日が暮れはじめた時に、怪しい船に囲まれたと思ったら、いきなり弓矢を射かけてきやがりました。その後で手下どもが乗り移ってきて、船頭や船乗りたちを殺したのです」

「弓矢だと。そいつは、長い刀を持っていなかったか」

「いました。手前に向かってきましたので、川に飛び込んで逃げたのですが、その長い刀で斬られたのです」

「兄上」

確かめる顔を向ける歳三に、歳正は厳しい顔で応じた。

「身の丈と手口からして鬼雅に違いない」

「旦那、野郎をご存じなので？」

訊く庄司に、歳正はうなずいた。

「大坂と瀬戸内の海を荒らしていた悪党だ。襲われた場所はここから遠いのか」

「川口宿の先で、ここからだと半日ほどかかります」

「それがしは地理に疎い。歳三、川口宿へはどう行けばよい」

「兄上、まさか一人で行く気ですか」

「いいから道を教えてくれ」

「お侍さん、そいつはだめだ」

庄司が止め、土間にいた者たちからも、無茶だと声があがった。

戸板で庄司を運んで来た若い男が歩み出て言う。

「手下の中に、恐ろしく強いのがいます。お侍様一人じゃ危ないですよ」

「それでも行かねばならん。一刻も早く隠れ家を見つけなければ、攫われた女たちが酷い目に遭わされる」

立ち上がる歳正の前に歳三が立ちはだかった。

「兄上、ここは落ち着いてください。この者たちが申すとおり、一人では無理です」

「鬼雅など、わし一人で……」

斬られた瞬間のことが頭に浮かび、きつく目を閉じた。

「兄上、どうしたのです」

一人で倒すと言えぬ歳正の苦悶の表情を見ていた小太郎は、なおも問おうとする歳三を止めて、歳正の前に歩み出た。

「ここは無理をしないで、虎丸様が来られるのをお待ちになったほうがいいんじゃないですかい」

「しかし……」

歳正は焦っていた。鬼雅を捜していた時、あの日攫われた庄屋の娘が人買いに売られた、という噂を聞いた。調べたところ、確かに売られていたようだが、娘を捜して方々を回ったものの、結局、見つけ出すことはできなかった。

「急がねばならぬ。このたび攫われた女たちも、こうしているあいだも酷い目に遭っているに違いないのだ。何よりわしは、鬼雅を許せぬ！」

尋常でない様子に、歳三がいぶかしむ顔をする。

「兄上、どうされたのです」

歳正は、鬼雅に捕らえられ、怯える庄屋の娘の顔を思い出した。救えなかった悔しさと苦しさに胸を押しつぶされそうになり、その場に両膝をついた。

初めて見る歳正の姿に、歳三は驚きを隠せない。

「まさか、鬼雅に襲われたことがあるのですか」

歳正は袴をにぎりしめ、江戸に来た本当のわけを、隠さず話した。

皆が押し黙る中、歳三は兄の手を取り、何か言おうとしたが、言葉が見つからないようだ。

悲しい顔をする弟の心中を察した歳正は、手を離し、肩をつかんだ。

「気にするな。動けぬお前に無理は言わぬ」

「しかし……」

「これはわしの役目だ。止めるな」

気持ちを落ち着かせた歳正は、立ち上がった。

「見苦しいところをお見せした。海では負けたが、地に足を着けておれば負けぬ。誰か、すまぬが道案内を頼めぬか」

「お待ちください」

歳三が意を決した顔で立ち上がる。

「これから暇をいただいて来ます。二人で鬼雅を捕らえに行きましょう」

「暇をもらうだと。馬鹿を申すな。せっかく仕官が叶ったのではないか」

「兄上を一人で行かせることなど、それがしにはできませぬ。小太郎殿、すぐ戻るゆえ、すまぬが兄上を行かせぬよう頼む」

「承知しやした」

「おい、歳三、待て、待てと言うに」

止めるのも聞かず、歳三は城田屋から出ていった。

戸口まで出た小太郎は、歳三を見送り、苛立(いらだ)った顔で左右を見渡す。

「いつもはこういう時に来なさるってぇのに、今日に限って虎丸様は、何をしてやがるんだい」

五

「熱はないようでございますな」

額に手を当てた五郎兵衛に言われて、虎丸は横になった。

「どうして身体がだるいんじゃろ。尾道におる時には、こがなことはなかったのに」

芸州弁になっているのも気付かず、虎丸はため息を吐く。

五郎兵衛が心配そうに言う。

「胸が苦しいのですか」

「いいや、なんともない。まあ、一晩寝りゃ治るじゃろう」

「念のため、薬湯をお飲みください。今、支度をしてまいります」

「胸も苦しゅうないし、熱もないんじゃけ、飲まんでもしゃあない(大丈夫)よ」

「そうおっしゃらずに。六左が滋養によい薬を持っておりますから、それをお飲みください。だるさが消えるかもしれませぬ。今からもろうてきますのでしばしお待ちを」

　五郎兵衛は伝八を残し、寝所から出た。

　六左を捜したが、寝所の近くに姿はない。

「御家老のところか」

　そう独りごちた五郎兵衛は、表御殿の廊下を裏手に回り、家老の御用部屋に急いだ。角を曲がった時、家老部屋の前の廊下に六左が正座していたので、

「おお、そこにおったか」

　声をかけると、六左が顔を向けた。何事かと問う面持ちをしている。

　歩み寄る五郎兵衛に、お静かに、と小声で言うので、竹内に来客があるのだと分かり、手招きした。

　ちらと部屋の中を見た六左が、立ち上がって来た。

「すまん。若殿がだるいと言われて、気分が優れぬようなのじゃ。おぬし、滋養によい薬を持っていたな」

「長屋に置いていますので、のちほどお届けします」

「頼むぞ。して、誰が来ておるのだ」

「高里歳三殿です」

五郎兵衛は顔をしかめた。

「今度は弟か。しつこい兄弟じゃ」

「それが、暇をもらいたいと、願いに来たようです」

「何、辞めるとな」

「その覚悟のようです」

「たわけたことを。それでなくても船手方は人が足りぬというのに、何を考えておる。御家老が兄の頼みを突っぱねられたからか」

「鬼雅が川口宿あたりの川に出たらしく、兄と二人で捕らえに行こうとしているようです」

「鬼雅が出ただと。それで、御家老はなんと」

「今、説得をされているところでございます」

「当然じゃ。今辞められては、出役の命が来た時に支障が出る。よし、御家老に加勢をいたそう」

部屋に行こうとした時、歳三が出てきた。中にいる竹内に向かって深々と頭を下げると、五郎兵衛たちを見ることなく、暗い顔をして帰っていった。

続いて出てきた竹内が、五郎兵衛がいることに気付いて、ひとつ息を吐く。

「六左から聞いたか」

「はい。それで御家老、お許しになられたのですか」

「鬼雅が出たなら、近いうちに出役の命がくだるはず。ゆえに、それまで待てと言うて帰した」

「納得しましたか」

「今日のところはな」

「それはようございました」

竹内はうなずき、訊く顔をする。

「わたしに何か用か」

「いえ、若殿がどうもお身体が優れぬご様子なので、六左に薬をもらいに」

「優れぬとは」

「だるいようです」

竹内は、珍しく動揺の色を浮かべた。

「胸が苦しいのか」

「いえ、胸は大丈夫かと」

「油断はならぬ。六左医者だ。玄沢(げんたく)を呼べ」

「はは」

立ち去る六左を見送った五郎兵衛が、竹内に訊く。

「初めて聞く名ですが」

竹内は人がいないことを確かめ、声を潜めた。

「亡き若殿を診ていた医者を呼ぶわけにはいかぬと思い、前に虎丸様が胸の苦しみを訴えられたのを機に、新たな者をみつけていたのだ」

「御家老がこれと思われた者であれば、安心かと」

「大事なければよいが」

心配する竹内が寝所に向かうので、五郎兵衛は後に続いた。


六左が連れて来た三十代の医者に言われるまま、虎丸は大きく息を吸って吐いた。

胸に耳を当てていた玄沢が納得した顔をして、

「ここは、痛みますか」

腹を押さえられたが、なんともない。

「痛まぬ」

虎丸がそう告げると、玄沢は触診を終えて虎丸の顔色をうかがう。

「近頃、気鬱になるようなことがございましたか」

寝所に閉じ込められて暇で仕方ないが、ふさぎ込む気持ちになったことはない。

「別にないが」

「屋敷の外へ出られていますか」

「出ておらぬ」

「そうですか」

玄沢は困ったような顔をした。

虎丸は、病が心配になった。

「隠さず教えてくれ。どこか悪いのか」

「手足の張り、胸板の厚さを見るに、身体は鍛えておられるご様子。だるいのは、ここの、持ちようかと」

胸に手を当てるので、虎丸は背筋が寒くなった。

こころの病なんか、と、芸州弁が出そうになり、ぐっと飲み込む。大きな息をすると、玄沢は胸から手を離した。

「心労が重なってしまわれたか、あるいは……」

渋い顔をする玄沢に、五郎兵衛が身を乗り出す。

「あるいは、何じゃ」

玄沢は五郎兵衛を見た。

「あなた方はもしや、若殿様のお身体をご心配されるあまり、この寝所に長らく押し込めてはおられぬか」

責めるような口調で言われて、五郎兵衛は絶句し、竹内を見た。

竹内は顔色を変えずに訊く。

「こころの病だと申されるか」

「そこまでは申しませぬが、部屋に閉じ籠もってばかりでは、身体に毒でございます。たまには御屋敷から出られて、気晴らしをされたほうがよろしいかと。そうすることによって、身体、いや、気持ちが軽くなることもございます」

竹内は玄沢を厳しい目で見た。

「まことに、胸の病ではないのだな」

「はい」

「念のため、薬を頼む」

「気晴らしが一番の薬と思いますが、まあ、一応お出ししましょう。これを就寝の前に煎じて、湯飲み茶わんに一杯ほどお飲みください。もしも熱が出られて三日が過ぎても下がらぬ時は、お知らせください」

「あい分かった」

「くどいようですが、少しは外出をなされたほうがよろしいですぞ。若殿様、お大事になさってください。では、これにて」

玄沢は柔和な笑みで頭を下げ、帰っていった。

竹内は虎丸に膝行して近づき、両手をついた。

いつになく神妙な態度に、虎丸は身を引く。

「どうしたん」

「尾道でのびのびと暮らされていた虎丸様を、このような狭い部屋に閉じ込めたのは我らの勝手。玄沢殿に言われるまで、明るいあなた様に甘えて、御心労に気付きませなんだ」

「竹内、心配せんでくれ。わしは、気に病んでなんかおらんのじゃけ」

「その芸州弁が、動揺して強がっておられる証。本心をおっしゃってください」

「本心とはなんや」

竹内は言いにくそうにしたが、

「尾道に、帰りたいのではないですか」

うつむき、ぼそりと口に出した。

虎丸はなんだか腹が立った。

「帰りたいと言うたら、帰らせてくれるんか」

「お身体を悪くされては、あなた様と安芸守様に申しわけなく……」

虎丸に肩をつかまれて、竹内は顔を上げた。

「心労が重なっとるのは、わしよりも、あんたらのほうじゃろう。のう、五郎兵衛」

「は、いや……」

「顔にそう書いてある。わしが大人しゅう屋敷に引き籠もっとれば、あんたらはもっと楽なはずじゃ。医者というのは楽な商売じゃのう。旗本や大名は、誰しも屋敷に籠もりがちじゃ。それを理由に、こころのせいにしておけばえんじゃけぇのう」

竹内がじっと見ているので、虎丸は微笑んだ。

「心配するな。こがなのは、一晩寝たら治る。どこも痛うないし苦しゅうないけ、大丈夫じゃ」

「しかし……」

「忘れたんか。わしは、乗った船は沈めん言うたじゃろう。身体のことも心配せんでもええよ。部屋の中で身体を鍛えて汗をかいとるし、こころも大丈夫じゃけ」

「まことに、お辛くないのですか。我らのために、いてくださるのか」

虎丸は竹内の肩から手を離して長い息を吐き、気持ちを落ち着かせて胸を張った。

「わたしは定光だ。帰るところはない」

虎丸の目を見た竹内は、安堵した面持ちとなり、下がって両手をついた。

「これからも、よろしくお願い申します」

「顔を上げてくれ。それをされると、よそよそしく感じる」

「はい」

竹内は顔を上げ、薄い笑みを浮かべた。

むせび泣く声がしたので虎丸が見ると、五郎兵衛が袖を目に当てていた。

「五郎兵衛、どうして泣く」

「嬉しいのでございます。若殿は、ご立派なあるじでございます」

「まだまだいたらぬが、そう言うてくれて嬉しいぞ。もう泣くな」

虎丸は懐紙を渡してやり、微笑んだ。

中庭の向こうに家来が来たのは、その時だ。

「ごめんつかまつります」

すぐさま話を聞きに向かった伝八が、家来を下がらせて戻ってきた。

「御家老、公儀から使者がまいられたそうです」

虎丸はいぶかしむ顔をする。

「何事だろうか」

「若殿は、休んでいてください」

竹内は立ち上がり、五郎兵衛と共に表御殿に急いだ。

使者が来る理由を竹内は知っているように思えたが、虎丸は呼び止めなかった。

「若殿、お楽に」

「うん」

気になりはしたが、促す伝八に従い、だるい身体を布団に横たえた。

六

客間で待っていた使者は、竹内と五郎兵衛しか出ないことに、不機嫌な顔をした。

「定光殿は、いかがされた」

不満をぶつけられ、竹内が神妙に両手をつく。

「ただいま身体の具合が優れず床に臥しておりますので、ご無礼をいたします」

葉月定光が長らく病床に就いていたことは、使者も知るところだ。仕方ない、とも取れる息を吐き、下座にいる竹内に言う。

「病弱のあるじを持つと、心痛が絶えまい」

「おそれいりまする」

「そのような時に申し下すのは胸が痛むが、三月後に、石見銀山から追加の銀が送られることが決まった。しかも、大量だ。これは御公儀にとって重大なことゆえ、必ずや、城の金蔵に入れなければならぬ。そこで気がかりなのは、近頃出没しはじめた鬼雅という川賊のことだ。耳に入っておるか」

「噂のみは」

「では話が早い。川賊改役はすでに探索をはじめておるが、鬼雅は神出鬼没ゆえ手が足りぬ。これに加わり、三月の内に捕らえよとの、お上からのお達しだ」

「おそれながら」

「うむ」

「当家の船手方与力が、川口宿の川上で鬼雅らしき川賊が出たと知らせてまいりました」

「なんと、それは間違いないのか」

「はっきりしたわけではございませぬが、江戸の外のことでございますので、調べようもなく」

「今日からは構わぬ。葉月家には、江戸の外も探索させよとのお達しである」

「おそれながら、当家のみでございますか」

「さよう。他家の者は、大川のみならず、品川あたりまで探索をしておる。まずは、葉月家の者のみで調べてくれ」

竹内は使者を睨みはしないが、この下知には、葉月家を毛嫌いする柳沢の意向が加わっていると推測した。

「代官の受け持ちへ、踏み入れと申されますか」

「いかにも。これは、そのための手形だ」

差し出された手形を引き取った竹内は、平身低頭した。

「お役目、承りました」

「三月だ。それまでに必ず、鬼雅を捕らえよ」

「はは」

使者が帰ると、五郎兵衛が不安そうな顔で、竹内に膝行して近づいた。

「御家老、三月の期限付きとは、厄介なことですな。若殿が知られれば、間違いなく無理をされますぞ」

「このことは伝えぬ」

「は、よろしいので」

「お身体が優れぬのは、亡き定光様がなされていることと、わたしは思うことにする。歳正殿は鬼雅をよう知っておる。若殿が出られずとも、必ずや捕らえてくれよう。これは、よい折かもしれぬ」

「と、申されますと」

「歳正殿は、思いを遂げれば当家に用はなくなる。江戸を去ってくれれば、若殿も安心されよう」

「なるほど」

「わたしはこれより下屋敷に詰める。留守と、若殿を頼むぞ」

「若殿には、使者のことをどのようにお伝えすればよろしいですか」

「登城の下知があったが、病を理由にお許しをいただいた。そういうことにしておこう」

「承知」

「では、まいる」

竹内は六左を連れて、下屋敷へ向かった。

屋敷に入るなり歳正と歳三兄弟を部屋に呼び、役目のことを伝えた。

「それは、願ってもないことにございます」

歳正は決意を込めた顔で竹内と向き合い、必ず捕らえてみせると豪語した。

「城田屋の船を襲うたのが鬼雅と決まったわけではないが、御公儀が手形まで用意していたことは、何か動静をつかんでのことかもしれぬ。こころしてかかり、必ず捕らえようぞ」

竹内は高里兄弟と打ち合わせをおこない、夜明けを待って出役した。

自ら陣頭指揮を執る竹内は、まず、城田屋が襲われた流域の探索をはじめ、一日かけて得たのは、襲った船が、五人の女を連れて川上へ逃げたということだった。

見ていた者の中で、度胸がある船乗りが跡を追っていたが、日が暮れてしまい、見失っていた。

そのことを聞いた歳正が、

「鬼雅は、夕暮れ時に襲い、夜陰に紛れて逃げるのが手口。間違いなく、鬼雅の仕業です」

確信したらしく、川上に行くことを願った。

川口の宿場をのぞむこのあたりは天領で、家は少なく、見渡す限り田畑と湿地が広がっている。その土地を豊かにしているのは、水量が多く、幅も広い荒川のおかげ。そして、江戸へ荷を運ぶ者にとっては、重要な川だ。それだけに、昔から川賊が出没する。

代官所ではむろん警戒をしているが、船手方は江戸市中にくらべ少なく、賊にとっては仕事がしやすい。

「鬼雅め、よいところに目をつけておる」

歳正は周囲の地形を見て、これは危ない、と、弟に告げた。

船を隠せる葦が群生し、流れは穏やか。周囲に人家はなく、土手を歩く者もいないのがその理由だ。

竹内は歳正の進言に応じて川上に向かった。一日目は何事も起こらず、情報取集を兼ねて戸川の地で一泊した翌日は、家屋が少ない上流へ行き、葦の陰に隠れて網を張った。というのも、戸川で探りを入れていた柴山昌哉が、屋形船を商売の場にしていた私娼の女から、川賊と思しき客を相手にしたことと、悪事の自慢話を聞きだしていたからである。

「本日、また荷船を狙うそうです」

昂揚(こうよう)を顔に浮かべて戻った柴山から聞いた竹内は、信ぴょう性を疑いはしたものの、共に聞いていた歳正が、欲深い鬼雅は、稼ぎが少なければ続けて船を襲うと言うので、網を張ることにしたのだ。

来るとすれば、日暮れ時だ。

行き交う荷船は江戸ほどではないが、どれも積荷を満載し、空船は一艘(そう)もいない。江戸から川上に向かう船は、油、塩、酒、日用雑貨が多いが、江戸に向かう船は、炭や薪(まき)、野菜などに加え、口減らしに家を出され、江戸で奉公をさせられる若い娘を乗せた船が少なくない。

竹内の横で川をくだる船を見ていた歳正が、

「奴は必ず来ます」

厳しい声をぶつけるので、早船に乗る葉月家の家来たちは緊張した。

竹内は六左を船から降ろし、探索の目を警戒する者がいないか探らせた。土手からも見えぬところを選んで潜んでいるが、念のためだ。もう一つは、土手から川を見渡し、怪しい船がいないか探らせる目的もある。

何ごともなく時が流れ、いよいよ日が暮れはじめた。

川をのぼる船は絶え、宿場を目指す荷船が足を速めてくだっていく。

焦ったのは柴山だ。

「おかしい。女は確かに、今日だと言ったのです。場所を変えませぬか」

葦の隙間から見える景色が暗くなり、早々と提灯(ちょうちん)に火を灯(とも)した荷船がくだって行った、その時、舳先側の浅瀬に六左が駆け下りてきた。

「出ました。川上で荷船が襲われています」

歳三がいち早く立ち上がり、

「それ！」

号令するや、漕ぎ手が一斉に船を漕ぎはじめる。

葦原から出る早船に六左が飛び乗り、川上を指し示す。

舳先を転じた先では、賊の船に囲まれた荷船から悲鳴があがり、人が川に落ちた。

名工の升介(ますすけ)が命を燃やしつくして残した早船は、漕ぎ手たちによって川面(かわも)を滑り、ぐんぐん速くなる。

袴と袖をなびかせて舳先に立つ歳三が、強い風に負けぬ大声を張り上げた。

「公儀川賊改である！　そこの者ども！　やめい！」

大音声が川面を伝い、賊に動きがあった。逃げるかと思いきや、一艘を残し、二艘が並んで向かってくるではないか。

　歳正が憎々しい顔を向ける。

「間違いない。右の舳先にいる大男は鬼雅だ。あの姿は忘れぬ」

　仁王立ちする男は確かに身の丈が高く、暗くて顔は見えぬが、肩には四尺（約百二十一センチ）ほどもある長刀をかけている。

　双方の顔が分かるほどに近づくと、歳正が歳三に右の船に向かえと命じ、舳先に立って叫んだ。

「鬼雅！　今日こそは逃がさぬ！」

「誰かと思えば貴様か！　しつこい男じゃのう！」

「黙れ！」

　歳正は抜刀し、切っ先を鬼雅に向けて構えた。

　鬼雅も応じて抜き、長刀を右手に下げる。

　双方の船が近づき、舳先が交差した時、

「むん」

「おう！」

　歳正と鬼雅が気合をかけて刀を振るい、火花を散らした。その刹那（せつな）、鬼雅は手首を転じて長刀を鋭く振るい、歳正の肩を斬った。

その電光のごとき太刀筋は、四尺もある長刀とは思えぬ凄まじさ。

呻いた歳正は、肩を押さえて片膝をつく。

それを見た漕ぎ手は、咄嗟に賊の船を櫂で押し、離れた。

「兄上！」

「構うな！　浅手だ」

「左から来るぞ！」

竹内が叫ぶのと同時に、鬼雅の手下が左から船をぶつけ、待ち構えていた賊どもが襲いかかった。

柴山昌哉が漕ぎ手と共に応戦し、竹内は六左と共に、右手から襲ってくる賊と戦い、乗り移ろうとした手下を川に落とした。

「挟み撃ちはこちらに不利。離れよ！」

竹内の命に応じた漕ぎ手が懸命に離れようとしたが、賊は鉤縄を投げて引き寄せ、刀を持った男が飛び乗ってきた。

無防備な漕ぎ手を斬ろうとしたが、六左が投げ縄で手首を搦め捕り、引き倒して川に落とした。

鬼雅が、新手を送り込むべく船を近づける。

六左は、飛び移ろうとした賊に寄り棒を持って突いたが、棒はあっさり斬り飛ばされた。

「おう！」

賊が刀を振り上げて威嚇した。

六左に代わって前に出た竹内が、抜刀して構える。

「まいれ」

冷静な竹内に、船の舳先に立つ賊は刀を下ろし、睨み据えた。

竹内は刀を正眼に構え、賊が飛び移るのを待ち構えている。

髭面に薄い笑みを浮かべた賊が身体を横に向けた刹那、顎髭をかすめて矢が飛び、竹内の右肩を貫いた。

不覚を取った竹内は顔をしかめ、たまらず片膝をつく。

「おのれ」

歯を食いしばり、立とうとする竹内の前から、賊の船が離れた。

弓を持った鬼雅が、

「江戸の船手方も、たいしたことないのう」

馬鹿にして笑い、矢を番えて引いた。

目を見張った歳正が、竹内をかばって立つ。

鬼雅は容赦なく矢を放った。

歳正は死を覚悟したが、竹内が引き倒し、矢は頭上を飛んで川面に吸い込まれた。

「追え！」

竹内は叫んだが、激痛に襲われて呻いた。

六左が、歳三に叫ぶ。

「急ぎ宿場へ」

「承知した」

「ならぬ。追え、追うのだ」

竹内は必死に命じたが、六左が身体を押さえつけた。

「動いてはなりませぬ」

「逃がすな、六左」

竹内の声に力がない。

六左は、悔しげな声で言う。

「漕ぎ手も手傷を負っています。もはや、追い付けませぬ」

この時すでに、鬼雅一味の三艘は川上に遠ざかり、夕暮れに霞んでいる。その手前では、無人となり、荷を奪われた荷船が、川面に黒い影を横たえていた。

第二話　虎丸の異変

一

「なんじゃと！」

「しっ、若殿に聞こえます」

坂田五郎兵衛は、中庭を挟んだ先の寝所を振り向いた。

閉められている障子の前には恩田伝八が正座し、何事か、という顔をしている。

五郎兵衛は、知らせに来た六左を離れた場所に誘い、人気のない表御殿の広縁に出ると、不安を隠せぬ様子で振り向く。

「して、御家老のお怪我は深手なのか」

六左は浮かぬ顔をする。

「幸い、肩の筋は切れておりませぬので、半月もすれば動かせるようになろうかと」

「半月ものあいだ、御家老は来られぬつもりか」

「腕を吊っておられますゆえ」

「それにしてもじゃ。半月も若殿に知らせるなというのは無理があるぞ」

「火急の御用で、葉月家の領地へおもむいたことにいたすようにとのことです」

五郎兵衛はいぶかしむ顔をした。

「まさか、御家老は引き続き鬼雅を追うつもりではあるまいな」

「そのまさかです。今日は一日休み、明日からは鬼雅探索の差配に戻られます」

「御家老は若殿と気性は正反対だが、無理をされるところはよう似ておられる。止めても聞かれまいから、六左、おぬしがそばにいてお助けしろ」

「はは。若殿のお具合はいかがですか」

「熱もなく、少しはようなられた。今朝は近頃お気に入りの薬湯に浸かられ、粥も食べられた。今は、よう寝ておられる」

「それは何より。御家老も安心されましょう」

「若殿のことは心配されず、ご自身も養生されるよう伝えてくれ。念のため、玄沢を連れて行ったらどうか」

「そのようにいたします。では」

六左は頭を下げ、立ち去った。

竹内が怪我を負ったことを知らぬ虎丸は、昼過ぎに目をさました。

今朝入った薬湯の香りが、身体からほのかにする。

起き上がった虎丸は昨日よりずいぶん気分がよく、座ったまま背伸びをして大あくびをした。

「ああ、腹が減ったな」

独り言を聞き逃さぬ伝八が障子を開け、

「ただいま昼餉を調えてまいります。御所望の物はございますか」

嬉しそうな顔をしているので、虎丸は笑みで応じた。

「あなご飯が食べたいのう」

「は……」

伝八が困惑の面持ちをするので、虎丸は笑った。

「言うてみただけよ。さっぱりした漬物と湯漬けを頼む」

出されたのは、毒見を終え、ぬるくなった湯漬けだ。

暑い時期なので、ぬるいほうが丁度よく、なすびの浅漬けで一杯ほど食べた。

箸を置いた虎丸は、満足して言う。

「もう三日も身体を鍛えとらんけぇ、今日は身体を動かしたいのう」

竹内と五郎兵衛がいないので、虎丸は気がゆるみ、芸州弁になっていた。

伝八は指摘をせず、躊躇いがちに言う。

「実は昨日、筑前守様から剣術の稽古に通うよう催促が来ましたが、お断りしました。お具合がよろしいなら、行かれますか」

筑前守とは月姫の実父、出雲雲南藩二万石のあるじで若年寄の、松平近寛のことだ。

病弱だった亡き定光は、剣の修行をあきらめていた。

ゆえに、虎丸を定光と思い込んでいる筑前守は、

(床上げをした婿殿を鍛え、武勇優れた葉月家のあるじにふさわしい者に)

と考え指南役の岸部一斎に師事させ、念流を身につけさせようとしている。

すべては月姫のためであるので、少しでも顔を出さねば、催促をしてくるのだ。

隠している爪を一斎に見破られぬよう、村上家伝来の剣術を決して表に出さぬことにしているが、これが難しい。

桜田御門内の上屋敷に行くまでの道のりは気晴らしになるので、たまには行ってもよいかと思う虎丸だったが、伝八が止めた。

「やはり、御家老のお許しなく出ることはできませぬ。今のはお忘れください」

それなら初めから言うなと思ったが、虎丸は口には出さず従った。

「なら伝八、相手をしてくれんか。ここなら、誰にも見られんじゃろう」

「よろしゅうございます」

虎丸は次の間で少しだけ木刀を振るい、腕が鈍らぬよう稽古をした。

汗をかけば気分はさらに良くなった。夕暮れ時にはふたたび薬湯に浸かりたくなり、支度が整うのを待って湯殿へ向かった。

葉月家に来た頃は、病を偽っていたので湯など使えなかったのだが、床上げを宣言した日から、熱い湯に浸かれるようになった。

家来たちが使うことのない、あるじのための湯殿でゆっくりした虎丸は、いい香りがする薬湯に稽古の疲れが取れた気がして、脱衣場に控えている係りの侍女に礼を言った。

「いつも良い湯をありがとう。疲れが取れた」

声がかかれば背中を流すべく控えている侍女は二人いる。一人でこと足りるが、湯殿の暑さに考慮して薄着であるため、若い虎丸と間違いがないように、と、竹内が配慮して二人組にしているのだ。

虎丸の正体を知らぬ家来たちの手前、これまでと変わらぬ形で侍女を付けているが、決して背中を流させぬ。

なぜなら、病弱だった定光の身体に刀傷があれば、侍女たちが不審に思うからだ。虎丸の身体には、瀬戸内時代に負った小傷の痕があるので、見せるわけにはいかなかった。

檜の板戸越しに礼を言われた侍女たちは、顔を見合わせて微笑み、脱衣場から出ていった。

廊下の戸が閉められる音を聞いて湯船から上がった虎丸は、誰の手も借りずに身体を拭き、畳んで置かれていた浴衣を着て寝所に戻った。

夕餉は湯漬けではなく、毒見を終えた膳が出された。

イカと大根の煮つけと、冷めた味噌汁のみを食べた虎丸は、念のために、と出される玄沢の薬を飲み、くつろいだ。

そのうちに、あくびが出てくる。

「薬を飲むと、どうも、眠くなる」

そう訴えると、伝八は微笑んだ。

「眠られるのも養生ですから、お休みください」

「今日は、竹内と五郎兵衛が来てないのう。何しょうるんかの」

「いろいろと、お忙しいのでしょう」

「ほうか」

虎丸はまたあくびをした。

「することもないし、寝るか」

笑って言うと、早々と床に入り、深い眠りに就いた。

尾道の千光寺を遠く望む海で、養父信虎と釣りをしていた虎丸は、身体を揺すられて目を開けた。

夢と気付き、はっとして頭をもたげようとしたが、口を塞がれて押さえつけられた。目の前に迫る顔に目を見張る。

息がかかるほど顔を近づけるのは、鯉姫だ。

次の間にある行灯の、ほの暗い中でも分かるほど、鯉姫は怒った顔をしている。

「虎丸、鬼雅が暴れようるのに、なに呑気に寝とるんね」

しゃべろうにも、口を塞がれているので呻くことしかできない。

顔を横に振って逃れようとすると、さらに力を込められた。

「大声を出さん？」

訊(き)かれて虎丸が首を縦に振ると、ようやく手を離したが、両肩を押さえ、起き上がることは許さなかった。

「鬼雅が、何をしたんや」

虎丸が訊くと、鯉姫は驚いた。

「もしかして、何も知らんのん」

「鬼雅が江戸におることは、聞いた。高松藩で船手方をしょった(していた)高里歳正を知っとるか」

「知っとるよ。よう家来にしたね」

「しちゃおらん。鬼雅を追って江戸に来てから、わしが身代わりと知らずに、葉月家を頼ろうとしたけ、家老が断った。ほいじゃけど弟が家来じゃけ無下にもできず、下屋敷におらせとるだけじゃ」

顔を見られるとまずいので、仮病を使い、寝所に閉じ込められているのだと教えると、鯉姫は納得した。

「それで、何も知らされてないんか。仕返しをする手伝いをしよう思うて来たら、笑いながら寝とるけ、腹が立ったんよ」

「笑よった？」

「まぬけな顔してね」

「ほうか。魚が釣れた夢を見たけぇじゃろう。それより鯉姫、仕返しとはどういうことや」

「葉月の者が鬼雅を捕まえようとして、家老が大怪我をしたらしいよ。翔が船乗りから聞いたいうて帰ってきたけん、来たんよ」

「まさか。そりゃ、ほんまか」

顔を近づけて訊く虎丸を、鯉姫は押さえつけた。

「翔が言うことじゃけ、嘘じゃないよ。あんた、ほんまに何も知らんのね」

「知らんかった」

誰も教えてくれなかったことに、虎丸は気を落とした。

「虎丸、大丈夫？」

心配する鯉姫に、虎丸は微笑む。

「わしをここから出さんために、家老が教えるな言うとるんじゃろう。まあ、鬼雅のことはええ。それよりあんたのことよ。今どうしょうるん」

話を振られた鯉姫は意外そうな顔をしながらも、義賊として、悪人の沢屋徳次郎と争った後のことを話してくれた。

石見銀山の代官と結託して、幕府にとって貴重な財源である銀を横取りしようとしていた沢屋徳次郎が、虎丸と鯉姫の活躍で捕らえられ、獄門に処されたのは先日のことだ。

あの時、沢屋の用心棒に襲われて斬られた町医者の坂本一包は、長屋の連中が連れて来た医者に助けられていた。

鯉姫は、一包と翔と共に浅草蔵前に引っ越し、死んだ者たちを供養しながら、三人で暮らしていた。

「一包先生はもう患者を診よってじゃけど、先生自身もまだ養生がいるけん、うちが面倒を見とるんよ」

「そうか。先生は無理をしょうるんじゃろう。でもまあ、命があってよかった」

安堵の息を吐いた虎丸は、廊下に顔を向けた。

急ぐ足音が次の間の前で立ち止まったので、虎丸は目を見張る。

廊下に片膝をついて中の様子を探り、そっと障子を開けたのは、伝八だ。

竹内のことで、ひとつ部屋を挟んだ控えの間で五郎兵衛と打ち合わせをしていた伝八は、中座して、虎丸の様子を見に来ていたのだが、ひそひそと話す人の声がしたので、不審に思い、歩みを速めたのだ。

行灯の薄明かりの先にある寝床は、廊下からは暗くてよく見えない。

目をこらした伝八は、虎丸が寝ていることを確かめるべく、起こさぬよう息を殺して中に入った。

近づいて見ると、虎丸は蚊帳の中で、伝八のほうに背中を向けていた。

夜着を足に挟み、抱くようにしている。

寝相の悪さはいつものことなので、

「眠っておられるか」

声にならぬ独り言をもらした伝八は、静かに離れて廊下へ出た。

障子が閉められ、足音が遠ざかった。

鯉姫は虎丸の胸を押して離れた。

伝八が来ることにいち早く気付いた虎丸は、咄嗟に鯉姫を抱き伏せ、夜着をかけて隠したのだ。

隠れるためとはいえ、虎丸に抱きしめられた鯉姫は、動揺して立ち上がった。

襟元を引き合わせ、じっと見据える鯉姫の女ごころを読めぬ虎丸は、

（怒っているに違いない）

と思ったとたん、股間を蹴られた苦しみが頭をよぎり、思わず両手で隠した。

そんな虎丸の姿に、鯉姫は顔をそらし、ため息を吐く。

「うちを抱くじゃこととの百年早いんじゃけ、蹴られとうなかったら、はよ鬼雅を捕まえんさい」

ちらと見て部屋から出ていこうとする鯉姫に、虎丸が小声で言う。

「待て。わしは高里歳正の目があるけ、探索ができん。鬼雅の隠れ家を知っとるんなら教えてくれ」

鯉姫は立ち止まり、横目を向ける。

「調べて分かったら、また来る」

そう言うと、出ていった。

「ああ、もどかしいのう」

虎丸は苛立ちを吐き捨て、大の字になって天井を見ながら、竹内のことを考えた。

「どがな怪我をしとるんじゃろうか」

口に出してみたところで、近くには誰もいない。

伝八はおそらく控えの間に行き、五郎兵衛と今後の話をしているのだろう。

行って問い詰めたいところだが、自分を気づかい隠しているのだと思うと、その気にはなれなかった。

ここは動かず、何か言うてくるのを待つほうがいいと自分に言い聞かせ、横向きになった。

先ほど目の前にあった鯉姫の顔が鮮明に思い出される。

目を閉じていた鯉姫は、身体を固くしていた。

伝八に見つかる緊張からそうなっていたのだと思う虎丸は、

「鯉姫も、臆病(おくびょう)なところがあるんじゃのう」

乙女ごころに気付くことなく、いつの間にか眠りに入った。

二

翌日、五郎兵衛は寝所に来たのだが、竹内のことは一言も言わず、

「お具合は、いかがか」

虎丸の身体のことばかりを心配する。

昨日にくらべて身体がだるい気がしたが、虎丸はおくびにも出さなかった。

「大丈夫だ。それより、竹内の顔を見ないが、いかがした」

顔色をうかがいながら訊いてみると、五郎兵衛は居住まいを正した。

「御家老は今朝早く、領地の仕置へおもむかれました」

「領地？　葉月家のか？」

「さよう。代官から、どうしてもお力添えを願いたいという文が届きましたので、若殿を起こさずに発たれました」

つるりとした顔で嘘を言う五郎兵衛に、虎丸は悲しくなり、ため息をついた。

五郎兵衛が驚く。

「やはり、お具合が優れないのですか」

「なんだか、急に気分が悪くなった。寝る」

背を向けて布団に横たわり、目を閉じた。

「医者を呼んでまいります」

「ええよ。寝りゃ治る」

「若殿、何を怒っておられます」

「怒っとりゃせん。寝るけぇ、静かにしてくれ」

「はは」

五郎兵衛が虎丸から離れ、外障子が閉められた。

出ていったのかと思い向きを変えて見ると、五郎兵衛が障子のそばに正座してい
たので目を見張り、ふたたび背を向けた。

気分が悪くなったのは事実だった。

そんな己の身体に、

（わしは、どうしたんじゃろうか）

動揺している。

吐きそうだが込み上げる物はない。生あくびが出て、涙が止まらない。

夜着を抱きしめて耐えていたが、いつの間にか眠っていた虎丸は、一刻（約二時間）ほど横になり、楽になったところで起き上がった。

次の間に五郎兵衛の姿はなく、伝八に代わっていた。

起きたことに気付いた伝八が歩み寄り、額に手を当てる。

「熱はないようです」

「うん。腹が減った」

「丁度昼時でございますので、すぐに支度を」

「湯漬けを頼む」

「それではいけませぬ。精のつく物をお召し上がりください。どじょうなどは、いかがでしょう」

「どじょうか。冷めたどじょうは食べとうないが……」

伝八が悲しそうな顔をするのを見た虎丸は、食べると言い直した。

待たされた後に出されたのは、毒見を終え、冷めたどじょう汁と蒲焼だ。

蒲焼でご飯を食べ、薄味の汁を飲み干した虎丸は、気分が良いので庭に出たいと言ってみたが、許されなかった。

翌日も、その翌日も寝所に閉じ込められた虎丸は、おそらく下屋敷にいるであろう竹内が、未だ顔を見せないことへの心配と、鬼雅の情報が何一つ伝わらないことに悶々としていた。

竹内が来なくなって八日目、虎丸は、しびれが切れてしまった。

昼餉をすませて横になっている虎丸を見張っていた五郎兵衛は、虎丸が庭に出たいと言わなくなったので油断し、座ったまま居眠りをはじめた。

連日にわたり、伝八と交替で夜も見張っているせいで、疲れているのだろう。上半身を斜めにして寝入っている姿を見ていた虎丸は、申しわけない気持ちと同時に、

（今ならいける）

そう思い、そっと身体を起こし、布団から出た。

少しでも時間を稼ぐために、夜着を使って、あたかも寝ているように見せかけ、納戸に入った。

着物はあるが、頭巾が見当たらない。

外出を阻止するために、伝八が隠したか、捨てたのだ。

いずれはそうされるだろうと予測していた虎丸は、己の小太刀、芸州正高を納めている刀箪笥の引き出しを開けて二刀を取り出し、奥に手を伸ばす。

手につかんで出したのは、隠していた紫の覆面だ。

無紋の麻の着物に着替えて顔を隠し、小太刀を帯に差した虎丸は、五郎兵衛が寝ている隙に寝所から抜け出し、人気のない裏庭を走って裏木戸へ向かい、誰にも見られることなく外へ出ると、小太郎の家に急いだ。

もうすぐ日本橋、というところまで来たところで、虎丸は立ち止まり、空を見上げた。

気分が軽い時は身体を鍛えていたものの、日に当たるのは久々だったので暑さに慣れていないせいもあり、頭がくらくらする。

日陰を求めて商家の軒先へ歩み寄る時、横を追い越していった二人連れの男が、

「今日はまた、やけに暑いな」

「まったくだ。こういう時は、屋形船で大川へ出て、一杯やりたいものだ」

などと話しながら、虎丸が軒先を借りている商家へ入っていった。

骨董品が並ぶ店の奥を見ると、男たちが、あるじらしき中年の男と談笑をはじめた。

気を取り直して道へ歩み出た虎丸は、前から来る武家の一行に目をとめ、なんとなく見ていた。侍女たちが付き添う行列は、武家の妻女か姫のものだろうと思いつつ、駕籠に目を向けたのだが、その横に付き添って歩いている女の顔を見て、ぎょっとした。

「月姫！　なして歩きようるんや」

行列は、いずこかへと向かう葉月家の行列だったのだ。

駕籠に付き添っている高島を奥方と思い込んでいる虎丸は、覆面で顔を隠していても落ち着かない。急いで骨董屋に戻り、横の路地に駆け込んで柱の陰に隠れた。

この時、高島は、青地の小袖に白地の帯を締め、絽織りの淡い青色の羽織を着けて涼しげな装いをしていたのだが、額に汗を浮かせて、暑さに耐えているようだった。

様子を見ていた虎丸は、駕籠の中は狭くて暑いので、外を歩いているのだと思っていた。

その高島が虎丸の目の前で立ち止まった。

（こちらに気付いていたのか）

虎丸が息を呑む前で、高島は恨めしそうな顔を空に向けたのだが、途端に目が虚ろとなり、ふらついた。

後ろを歩いていた侍女が気付いて駆け寄ったが、手を差し伸べる前に、路地から飛び出した虎丸が高島の身体を受け止めた。

高島は気を失いかけているのか、支えられた腕に身を預け、ぐったりしている。

しっかりと抱き止めた虎丸は、驚いて声にならぬ様子の侍女に言う。

「暑さにやられとってじゃけ、駕籠に乗せよう」

止められている駕籠の戸に手を伸ばす虎丸に、侍女がはっとする。

「無礼者！」

侍女が怒るので、虎丸は手を引いた。

「ええ？」

「開けてはなりませぬ！」

駕籠の前に立って必死に言うので、わけが分からぬ虎丸は、あたりを見回し、だんご屋の長床几(ながしょうぎ)に目を付けた。

「とにかく日陰へ」

高島を抱いたまま立ち上がり、だんご屋の女房の許しを得て長床几にそっと下ろし、横にさせた。

駕籠の中で外の様子を聞いていた月姫は、礼を言わねば、と思い、そばにいる侍女に声をかけた。

「出ます」

か細い声は、虎丸には聞こえていない。

月姫に応じた侍女の静(しず)が、戸に手をかけた時、通りで大声がした。

「何！　鬼雅が出ただと！」

「早くお戻りください！　大変なことに……」

着物を尻端折(しりばしょ)りにした男たちが通りを走って日本橋のほうへ行くのを見た虎丸は、そちらに気を取られ、男たちを追って走り出す。

自ら駕籠の戸を開けた月姫は、走り去る後ろ姿を見て、

「殿？」

ぼそりと言った。

聞き逃さなかった静が、

「お知り合いですか？」

驚いた様子で訊くので、月姫は慌てて首を横に振った。

「殿方のお名前を訊きましたか、と言いたかったのです」

誤魔化して言うと、顔色が良くなった高島が長床几から身体を起こし、そばに付き添う咲(さき)に言う。

「今の殿方に礼をしておりませぬ」

「わたくしにお任せください。足には自信がございます」

咲は虎丸の頭巾に目をとめると、追って走った。

高島はこの日のことを、後々こう語っている。

「あの折は、お助けくだされた殿方の顔は覆面で見えなかったけれども、強くていい男だと、女の勘で分かりました」

意識が朦朧(もうろう)としているというのに、高島は自分を助けてくれた者のことを、観察していたのだ。

走り去る虎丸の背を眺める高島の顔が赤かったのは、暑さのせいだけのものではないらしい。

咲が筑波山護持院近くの葉月家に戻ってきたのは、月姫が奥御殿の自室に落ち着いて半刻（約一時間）後だった。

「遅かったですね」

訊く高島は、すっかり体調がよくなり、いつもの厳しい口調に戻っている。

暑い中急いで帰ったらしく、日焼けして赤みを帯びた顔をした咲は、廊下で正座して頭を下げた。

「ちこう」

誘う月姫に応じて歩み寄った咲は、高島の下手に正座し、見たことを話した。

「覆面の殿方は、日本橋の袂で船乗りから話を聞かれていましたので、お声をかける頃合いを待っておりました。詳しくお訊きになられているご様子で、わたくしはじりじりしながら待っていたのですが、そこへ、坂田五郎兵衛殿が割って入られ、覆面の殿方に何かを必死に頼まれ、半ば強引にその場から連れ去られたものですから、慌てて跡を追い、お声をかけようとしたのですが、見失ってしまいました」

息もつかぬ勢いで言い、顔をうつむける咲に、高島はため息を吐く。

「捜し回って、遅くなったのですか」

「はい。申しわけございませぬ」

五郎兵衛と去ったと聞いた月姫は、落ち着かぬ様子でいた。

顔を向けた高島が、いぶかしそうな顔をする。

「姫様、いかがなさいました」

月姫は迷ったような面持ちとなり、遠慮がちに言う。

「定光様が覆面を着けられて、外へ出られたのではないでしょうか」

高島は驚いた。

「どうして、さように思われるのです」

庭で見ていた後ろ姿に似ていると言えるはずもない月姫は、

「坂田殿と共に去られたと聞いて、なんとなく、そう思いました」

こころに浮かんだことを告げて微笑んだ。

以前、盥（たらい）にまたがって玉を冷やしていた定光（虎丸）の、無様な姿が目に浮かんだ高島は、振り払うように頭（かぶり）を振った。

「ありえませぬ。覆面の殿方が、あのようなことをされるはずはございませぬ」

「あのようなこととは何です。定光様が、いかがされたのですか」

月姫に問われて、はっと口を塞いだ高島が、珍しく高笑いをした。

高島が高笑いをする時は、何かを隠そうとしている証。

幼い時から共にいる月姫は、疑う顔をした。

「高島、正直におっしゃい。定光様は、何をされたのです」

高島はひとつ咳ばらいをして、いつもの厳しい顔に戻った。

「何も。ただ、わたくしを軽々と抱き上げられるたくましい殿方が、病弱な定光様のはずはございませぬ。加えて、ただいま定光様は、ご気分が優れなく寝所に引き籠もっておられます」

そのことを承知している月姫は、肩を落とした。

高島は、月姫の前に置かれている膳に目を向ける。

「それよりも姫様、先ほどからお箸が止まっておられます」

「もうよい」

「いけませぬ。ご飯が無理ならば、せめて煮物だけでもお召し上がりください。姫様がお倒れになられれば、それこそ、御祖父様が悲しまれます」

涙ぐむ月姫に、高島ははっとした。

「いらぬことを申しました。お許しください」

月姫は首を横に振り、高島に言う。

「高島こそ、もう大丈夫なのですか」

「わたくしのは、ただの暑気あたりでございます。礼を兼ねて求めたおだんごもいただきましたから、もうなんともございませぬ。そうそう、姫様もおだんごを召し上がりますか。何もいりませぬ。甘辛くて、美味しゅうございますよ」

「何もいりませぬ。助けていただいた殿方には、わたくしから礼を申し上げたいのですが」

「わたくしなどのことは気になされませぬように。お助けくだされた殿方には、坂田殿から話をお聞きし、改めてお礼をします」

月姫は黙ってうなずき、浮かぬ顔を外に向けた。

三

月姫の一行に出会わぬよう道を変えて屋敷に戻っていた虎丸は、五郎兵衛に改めて詫びた。

「勝手に出たことは悪かった。気分が楽になったゆえ、気晴らしをしたかったのだ。医者の玄沢も、たまには外へ出るよう言うていたではないか。な、五郎兵衛、機嫌をなおしてくれ」

明らかに怒っている五郎兵衛は、腕組みをして横を向き、返事もしない。

帰る道でも無言で、船乗りと何を話していたのか訊こうともしなければ、鬼雅が出たと虎丸が口に出しても、知らぬ顔だ。

困り顔の虎丸に、伝八がそっと耳打ちする。

「ご用人は、黙って抜け出されたことよりも、お身体を心配しておられたのです。市中でお倒れになればどうしようか、それればかりを言われて、慌てて出ていかれたのです」

「伝八、いらぬことを申すな」

五郎兵衛は不機嫌に言い、虎丸に背中を向けてしまった。

立ち去らぬところが、五郎兵衛の真の気持ちを表している。

虎丸はそんな五郎兵衛に、月姫を助けたと正直に明かした。

「なんですと！」

五郎兵衛が驚いて振り向き、虎丸の目の前に膝行(しっこう)してきた。

「何ゆえ月姫様をお助けになられたのです。何があったのでございますか」

「暑いので駕籠を嫌われ、外を歩かれていたのだろうが、そのせいで日照りにやられて、めまいがされたのだろうな。倒れそうになったのを受け止めて、だんご屋の長床几まで運んだ」

五郎兵衛は愕然とした。

「だんご屋の長床几などと、人が尻を置くようなところに、奥方様を寝かせたのですか」

「仕方ないではないか。地べたに寝かせるよりはましであろう」

芸州弁も出ず飄々と言う虎丸に、五郎兵衛は額に手を当てて天を仰いだ。

「ああ、今日はなんという厄日か。筑前守様のお耳に入ろうものなら、家来どもはなにをしておったのか、と、怒鳴り込まれますぞ」

「畳とて、人が歩くではないか。長床几に横になったくらいで大袈裟な」

五郎兵衛が身を乗り出す。

「それで、どのように抱かれたのです」

「どのように、とは」

「間近で、奥方様の顔を見られたのですか」

高島を月姫と思い込んでいる虎丸は、間近で見た顔を思い出していた。

五郎兵衛が疑うような顔を近づけるので、虎丸は動揺し、目をそらす。

「まあ、近いか遠いかゆうたら、近いのう」

腕に抱く真似までして見せる虎丸に、五郎兵衛が心配そうな顔をする。

「奥方様のお顔が腕の中にあったなら、頭巾の下から、顔を見られたのではないですか」

虎丸は、思わず顎をつまんだ。

「いや、いやいやいや。ありえん。見えるわきゃぁない」

「芸州弁が出るということは、自信がござらぬ証。見られたのですか」

「見られちゃおらん。それに、本物の定光様も、奥方と面と向かって顔を合わせたことがないんじゃろう」

「まあ、そうですが」

落ち着いた様子の五郎兵衛を見て、虎丸も気分が楽になった。

「心配はいらぬ。ばれてはおらぬ」

急に言葉を直す虎丸を見た伝八が、顔を横に向けて笑っている。

咳ばらいをして伝八をじろりと睨んだ五郎兵衛が、虎丸に言う。

「今日のことのように、外では思わぬところで人と出会うものです。鬼雅のことが気になるのは分かりますが、歳正殿と出会うかもしれませぬので、外出はお控えください」

竹内のことを訊こうと声が喉まで出ていたが、中庭を挟んだ向こう側の廊下に小姓が片膝をつき、こちらに声をかけてきた。

「ご無礼致します」

訊きに行った伝八が、焦った顔で戻ってきた。

「ご用人、高島殿が、訊きたいことがあると申され、奥御殿へ渡る廊下で待っておられるそうです」

五郎兵衛は、虎丸に恨めしげな顔を向けた。

「いやな予感しかせぬのですが」

奥方直々でなくてよかったと思う虎丸は、五郎兵衛に余裕で言う。

「気付かれてはおらぬから、心配するな。他の用に決まっている。待たせないほうがよいぞ」

「では、行ってまいります」

立ち去った五郎兵衛は、程なくして、渋い顔をして戻ってきた。

目を見ぬように正座する五郎兵衛に、虎丸が身を乗り出す。

「どうだった。別の話か」

「見られたのは、それがしのほうでした」

肩を落とす五郎兵衛は、虎丸をちらと見て続ける。

「それがしが殿を連れ戻すところを、侍女に見られていました。奥方様の思し召しで礼をする運びになったらしく、頭巾の殿方と知り合いならば、名前と在所を教えるよう言われました」

虎丸は焦った。

「それで、なんじゃ言うたん」

「川賊の探索をしていた折に通りかかり、頭巾の侍と船乗りが賊の話をしていたのを耳にし、詳しいことを訊くために、別の場所へお誘い申した。と、まあ、そのようなことを」

「ほいで、信じたんか」

「高島殿はひどく残念がっておられましたが、疑う様子はござらぬ」

虎丸はほっと息をついた。

「侍女が跡をつけていたのは気付かなかったな。危ないところだった」

「まったくです。どこに目があるか分かりませぬので、外では、共に歩かぬほうがよろしいですな。いや、違う。そもそも、若殿が勝手に出歩かなければよろしいのです」

雲行きが怪しくなったので、虎丸は話題を変えた。

「外出と言えば、月姫は何ゆえ、日本橋の近くにいたのだ」

すると五郎兵衛は、考える顔をして、

「気がかりなことでございますよ」

ぼそりと言った。

「月姫に、何かあったのか」

「話せば長くなります」

五郎兵衛は、月姫の素性を明かした。

それによると月姫は、日本橋通一丁目の大商人、松屋文左衛門の孫娘だった。

月姫の母親お圀の方は、松屋文左衛門の娘で、行儀見習いのため雲南藩松平家の奥御殿で奉公をしていた時、近寛に見初められ、側室となったのだ。

高島を月姫だと思い込んでいる虎丸は、五郎兵衛の言葉に衝撃を受けた。

「あの厳しいお人が、呉服屋の孫娘……。想像できん」

「厳しい？」

五郎兵衛は眉間(みけん)に皺(しわ)を寄せた。

「若殿に助けられておきながら、何か、厳しいことをおっしゃったのでございますか」

「あの時は妙にしおらしかった」

「奥方様はお優しいご気性でございますから、それが、普通ではないかと」

「まあ、場合が場合じゃけ偉そうにはできんよの」

「は？」

「まあええ、話したこともないけ、わしがそう思い込んどるだけじゃろう」

「若殿、芸州弁が出ておりますぞ」

言われて虎丸は、両頬をたたいて言葉を改めた。

「月姫は、この暑い中、祖父に会いに行かれていたのか」

五郎兵衛は目を伏せた。

「文左衛門殿が病の床に臥(ふ)せておられますので、その見舞いでございます」

自分も身体が思うようにならない虎丸は、ひとつため息を吐く。

「月姫は、心配だろうな」

「はい。これはお付きの高島殿から聞いたことですが、筑前守様と文左衛門殿の仲は良好で、日本橋にも時々足を運んでおられたらしく、月姫様も、幼い頃から両親に連れられて、訪れていたそうにございます」

「なんの病なのだ」

「これと言える病ではなく、年のせいで身体が衰えていると聞いています。亡くなられても大往生というところでございましょうが、高島殿が申されるには、奥方様は幼き頃より文左衛門殿にたいそう可愛がられ、また奥方様もなついておられましたので、ことのほかご心配され、近頃は食が細くなられているそうにございます」

月姫（高島）が今日倒れたのは、心労のせいだと勘違いした虎丸は、気の毒に思い、神妙な顔をした。

母親を火事で亡くしている虎丸は、祖父との別れを意識せざるを得ぬ月姫の寂しさを想い、胸を痛め、食事を摂らぬ身を案じた。

だが、亡き定光の身代わりとして葉月家に入っている虎丸は、己の身をわきまえている。奥御殿へおもむき、月姫に直に声をかけることなど、できようはずもない。

顔を見られていないことに安堵する五郎兵衛に、虎丸は、勝手に出たことを改めて詫びた。

「すまなかった」

頭を下げられた五郎兵衛は、どう返答をすべきか迷った様子だったが、

「もう、そのことはよろしゅうございます。ご無事で戻られたのが、何よりでございますから」

仕方なさそうな口調で言っているが、顔を見れば、穏やかな表情になっていた。

この機に、竹内のことを訊こうとする虎丸の口を制すように、五郎兵衛が先に口を開く。

「して若殿、鬼雅のことで騒いでいた船乗りは、なんと申していたのです」

「そのことだ。あの二人は荷船屋のあるじと手代だったのだが、荒川の上流で店の荷船を鬼雅に襲われたらしい。船は沈められなかったものの、日本橋の河岸へ戻った船の荷は空で、船頭が怪我を負わされていた」

五郎兵衛は眉間に皺を寄せて訊く。

「それで、何を盗られたのです」

「日本橋の大店から川越に運ぶはずだった砂糖だ」

「なるほど、米よりも値が張る物ですな」

虎丸は、訊くのは今だと思った。

「お上から、出役の命は来ていないのか」

五郎兵衛は目を合わせようとせず、

「若殿は、ご心配には及びませぬ」

突き放すように言う。

虎丸は、なして黙っとるんや、と、叫びたい気持ちをぐっとこらえた。

「身体はもう大丈夫だ。遠慮せずになんでも教えてくれ」

五郎兵衛はすぐには答えず、しばし考えた後に、口を開いた。

「実は、出役の命がくだっております。歳三を筆頭に船手方が探索をしておりますので、いずれ必ず、歳正殿が鬼雅を捕らえましょう。ですから若殿、身体が軽くなられても、ゆめゆめ、鬼雅を追おうとなされませぬように」

竹内のことは、あくまで隠し通すつもりのようだ。

虎丸はひとつため息を吐き、立ち上がった。

五郎兵衛が驚いた顔をする。

「若殿、どちらへ」

「庭だ。それくらいは、許してくれ」

虎丸は背を向けたまま言い、一人で庭に出た。

池のほとりにしゃがみ、中ほどにある石の上に出ている亀を見たのだが、どうにも竹内のことが心配で、気分が晴れぬ。

下を向いてため息をつくと、どこからか現れた主が、悠然と近づいて来た。それまで足下にいた鯉たちが、主を避けるように散っていくのを見て、虎丸は苦笑いをする。

「お前さんも、寂しい身じゃのう」

池に手を入れると、近づいていた主が向きを変えて離れて行った。また誰かの気配を感じたのかと思い築山に目を向けたが、何もない。

ふと、月姫のことが気になり、築山に分け入った虎丸は、奥御殿との境まで足を運び、様子をうかがう。

板塀の隙間からではよく見えない。

上から顔を出してみようと見上げ、手を伸ばした時、板塀が外れた。

「なんじゃ、ぼろいのう」

奥向きに足を踏み入れようとまでは思わぬ虎丸は、このままにしておくのはまずい気がして、板塀を元に戻そうとした。板をはめようとした時、影が目に入ったので見ると、白い猫だった。

「いつぞやの」

可愛い猫に目を細め、

「はっこい」

手を差し出すと、小さく鳴いて寄って来た。

「ええ子じゃのう」

頭をなで、顎下をなでてやっていると、なんだか自分のこころが穏やかになる。

「雪ノ介」

女の声が近くでしたので、虎丸は猫を離して板をはめようとしたのだが、焦っているせいでうまく合わない。

「まずい」

必死に合わせ、なんとかはまった時、足音がすぐそこまで来たので、虎丸は息を潜めた。

「雪ノ介、ここにいたの。おいで」

優しい声は、知っている月姫（高島）のものではない。

しゃがんで雪ノ介に手を差し伸べる女の影が、板塀の下の僅かな隙間を暗くした。

薄い板のすぐ向こうにいる女に、虎丸は、思い切って声をかけた。

「すまぬが」

しんとする板の向こう側。驚いて息を殺しているのが伝わってくる。

悲鳴をあげられる前に、虎丸はもう一度声をかける。

「案ずるな、定光だ。すまぬが、頼まれてくれぬか」

すると、

「はい」

と返事がきた。

消え入るような緊張した声で応じた女に、虎丸は言う。

「奥方の祖父殿のことを聞いた。心配で食事が喉を通らぬとも聞いたが、身体に毒ゆえ、しっかり食べるよう伝えてほしい」

返事はないが、虎丸は立ち上がった。

板の向こう側では、月姫が雪ノ介を抱きしめたまま、緊張のあまり言葉を出せないでいる。

表御殿側の足音が遠ざかった。

慌てて立ち上がった月姫は、いつも外している板を引き落とした。

わたくしが妻です、と、言おうとしたのだが、そこにはもう、定光（虎丸）の姿はなかった。

雪ノ介を抱いたまま隙間を抜け、築山を捜して歩いたのだが、池のほとりを歩く後ろ姿をちらと見られただけで、声をかけることはできなかった。

雪ノ介を抱いて奥御殿に戻った月姫は、廊下で出会った高島に歩み寄った。

高島が先に口を開く。

「奥方様、坂田殿に頭巾の殿方のことを訊いてまいりました。残念ながら、川賊のことを訊ねたのみにて、ご存じないとのことです」

「そうですか」

高島が疑う眼差しを向ける。

「奥方様、お庭に出られていたのですか」

「それより高島、甘い物を食べとうなりました」

明るい顔で言う月姫に、高島は嬉しそうな顔をした。そして、共にいた侍女に菓子を持てと命じたものの、ふと、庭に顔を向ける。

「もしや、庭で何か、よいことがございましたか」

探りを入れるような顔を向けられた月姫は、必死に頭を振る。

赤面している月姫に、高島は怪しむ眼差しで歩み寄り、肩に手を差し伸べた。

指につかんでいる松の葉を見せ、目を細める。

「庭に、お出になられたようですが……」

「雪ノ介を捜しているうちに、お腹が空いたのです」

月姫は逃げるように自室へ入り、上座に正座した。

高島は横手に座し、なおも、月姫に探る眼差しを向けている。

程なくして侍女が部屋に入り、菓子台を月姫の前に置いた。

真っ白な生地の饅頭をひとつ取った月姫が、口に運んだ。自分の身を案じてくれる優しい声を思い出しながら、ふたつ目に手を伸ばす。

疑う顔を向けていた高島は、美味しそうに食べる姿に安堵の息を吐き、

「まあ、食欲が出られたのでよろしいですが」

そう言って、しつこくは訊かなかった。

四

鬼雅を捕らえたという知らせがないまま、ひと月が過ぎようとしている。

梅雨はとっくに明けているはずだが、ここ数日は雨が激しく、今朝からは突風が

吹き荒れていた。

初秋が近いこの時季、尾道で野分（台風）は珍しいことではなかったが、数が少ない江戸に暮らす五郎兵衛たちは大騒ぎだ。

とりわけ今日の風は強く、閉め切られている雨戸がうるさいほどに音を立てていた。

蝋燭の明かりの中で、虎丸は木刀をにぎり、目を閉じて立っている。

身体がだるくなるのが続いていた虎丸は、気分が良い時は薬湯に浸かって養生をしていた。

昨日も気分がすぐれず、薬湯にも浸かれなかったのだが、朝目をさましてみれば、身体も軽く、木刀を振るう気になれたのだ。

この頃は体調の起伏に慣れてしまった虎丸は、横になっている時も、身体を鍛えている時も、気にかけているのは竹内のことだ。怪我をしていることを鯉姫から聞いたとは誰にも言えず、どうしたものか考えながら、一人黙々と木刀を振っていると、次の間の廊下に来た五郎兵衛が、目尻を下げた。

「若殿、今朝はご気分がよろしいようですな。いいあんばいに何ごともなく、風が収まってきましたぞ」

機嫌よく言われて、虎丸は木刀を振るのをやめた。

「五郎兵衛」

「はい」

「竹内は、病なのか」鎌をかける。「領地に行ったというのは、嘘であろう」

五郎兵衛は表情を一変させ、神妙な面持ちで黙っている。

「五郎兵衛、教えてくれ」

虎丸が詰め寄ると、五郎兵衛はちらと目を合わせ、言いにくそうな顔をした。

「今は、ちと、風邪をこじらせておられます」

「この屋敷内の家にいるのか」

「は……」

迷いのある返答に、虎丸はうなずく。

「見舞いをする」

木刀を置いて寝所から出ようとしたが、

「あいや、それはなりませぬ」

五郎兵衛が両手を広げてゆく手を阻んだ。

「なぜ止める。見舞いくらいよかろう」

「今の若殿に風邪がうつってはいけませぬ。御家老はそこを案じられて、顔を出されぬのです」

「顔を出さなくなって何日過ぎたと思うのだ。ここまで長引く風邪があるものか」

五郎兵衛は慌てた。

「いえ、ご領地から戻られて、寝込まれているのです」

「葉月家の領地は駿河だ。話が矛盾していることに気付いていないのか」

五郎兵衛は目を泳がせたが、

「馬を馳せられたのです。とにかく、今の若殿は、たかが風邪でもうつってはいけませぬ。と、御家老がおっしゃいますので、お控えください」

どうにも譲らない。

身体がだるいことをうまく利用された気がした虎丸は、妙に腹が立った。

「五郎兵衛」

「はい」

「なんか、わしに隠しとるじゃろうが」

つい、芸州弁で責めた。

「お声が大きゅうございます」

五郎兵衛は焦り、虎丸を廊下から遠ざけて障子を閉めた。

「五郎兵衛、隠さんでくれ。正直に教えてくれ」

「ですから、御家老は風邪でございます」

真実を言わぬ五郎兵衛に、

「教えてくれんのなら、わしは尾道に帰る！」

虎丸はつい言ってしまった。

「そ、そのようなこと……」

五郎兵衛は言葉に詰まった。

悲しい面持ちでうつむく五郎兵衛と初めて会った時の、必死に御家を守ろうとする姿を思い出した虎丸は、こころにもないことを口に出してしまったと、後悔した。

「すまん悪かった」

目尻をぬぐって顔を横に振る五郎兵衛に、虎丸は焦った。

「本心じゃないけぇ、許してくれ」

五郎兵衛は洟をすすり、下を向いて言う。

「このような時に公儀の目を気にして、堂々と悪党を捕らえに行けぬ虎丸様の心中を思うと、申しわけなく、悲しいのでございます」

涙声の五郎兵衛に焦った虎丸は、背中に手を差し伸べてさすった。

「わしが悪かった。竹内には竹内の考えあってのことじゃろうけぇ、もう訊かんよ。わしは葉月家のために、このたびはここで大人しゅうしとる。頼むけ、もう泣くな」

するとか五郎兵衛が、涙が出ていない目を向けてきた。

「まことに、寝所でこころ穏やかにお過ごしくださるのか」

一杯食わされた気分になった虎丸であるが、ここまで言わすのは、よほど外に出したくないからだろう。

竹内の思惑も感じずにはいられない虎丸は、鬼雅のことは気になるものの、無理に関わることはやめた。

ひとつ息を吐いて気持ちを静めた虎丸は、五郎兵衛を見て言う。

「分かった。このたびのことは、竹内に任せる」

「二言はございませぬな」

念押しする五郎兵衛に、虎丸はうなずいた。

「今日は気分がよいので、薬湯に浸かりたい。今から入れるか」

「では、支度をさせてまいりますので、しばしお待ちを」

障子を開けた五郎兵衛は、廊下に出て虎丸を見た。

疑う眼差しに、虎丸は笑う。

「どこにも行かぬ」

五郎兵衛は障子を閉め、またすぐに開けた。

畳に大の字になろうとしていた虎丸を見ると、五郎兵衛は微笑み、障子を閉めて立ち去った。

「信用がないのも、しょうがないか」

虎丸は苦笑いで言い、大の字になった。

用心深く、廊下の角で様子をうかがっていた五郎兵衛は、折よく伝八が戻ってきたので手招きし、別室に入った。

続いて入った伝八を奥に誘い、障子を閉めて言う。

「若殿が御家老のことを気にしておられる。様子はどうであった」

「肩の矢傷はまだ痛まれるようですが、お役目に戻られています」

「それは何より。じゃが、石見銀山から銀が送られる日は待ってはくれぬ。鬼雅の行方はつかめておるのか」

「まだのようです。御家老から伝言です」

「なんじゃ」

「歳正殿が、鬼雅の探索で市中を廻られています。くれぐれも、若殿を武蔵屋に行かせぬようにとおっしゃいました」

「歳正殿は、小太郎を頼ろうとしているのか」

「いえ、武蔵屋と軒を並べる荷船屋がまた襲われたらしく、狙われる者たちに似かよったところはないか調べておられるようです」

「なるほど。それは危ないな。よし、若殿に武蔵屋に近づかぬよう伝えよ。わしは、薬湯の支度をさせる」

「はは」

伝八と別れた五郎兵衛は、竹内を案じて、難しい顔で廊下を歩んだ。


風がゆるみ、晴れ間が出てきた。

下屋敷では、怪我を負った竹内を見舞うべく、川賊改役頭の鬼塚九郎が来訪していた。

「すまぬ、来るのが遅うなった」

豪快な鬼塚は、詫びる時も声が大きく、肩幅の張った身体を窮屈そうに曲げて頭を下げた。

相変わらず無表情の竹内であるが、一度酒を酌み交わした鬼塚を気に入っていることもあり、見舞いの品を見て、自然に笑みを浮かべる。

「焼酎(しょうちゅう)、ですか」

「好きであろう。飲んで身体の毒を出せ」

「そう申されると思うていました」

竹内は笑いながら言い、焼酎を押しいただいた。

鬼塚が膝を進めて訊く。

「鬼雅の顔を見たのか」

「はい」

「はっきりと、覚えているか」

「あざ笑う顔は、忘れませぬ」

「さもあろう。他の者はどうだ」

「右頰から鼻にかけて刀傷がある細身の剣客風を覚えていますが、その他の者は、町で出会(でお)うても分かる自信がございませぬ」

「さようか。して、探索は続けているのか」

「しておりますが、行き詰っています。鬼塚様のほうはいかがですか」

「我らも同じじゃ。奴には、やられてばかりよ」

悔しそうな鬼塚に、竹内は、何かあったと察した。

「鬼雅に、逃げられたのですか」

「影すら見ておらぬ。おぬしが怪我を負わされた日、わしは、鬼雅が出たという情報を得て品川におったのだ」

「品川……」

「昨日は深川（ふかがわ）沖で出たという知らせが来たゆえすぐに出張ったが、影すらない」

「偽の情報だと……」

「そうとしか思えぬ」

「情報は、どこから入ったのですか」

「わしの配下の組屋敷に投げ文をされたのだ。我らが躍起になっていることを知り、近所の悪がきどもが遊び半分でしたのかもしれぬが、洒落（しゃれ）にならぬ」

竹内は、厳しい目を向けた。

「まことに、悪がきのしたこととお思いですか」

「そうに決まっておる。それだけではない。町の者の中には、わしが鬼雅と同じ鬼が付く名のため、賊と勘違いする馬鹿者がおる。世間というのは、困ったものだ」

「その投げ文、悪がきの仕業ではない気がします」

「どういうことだ」

「偽の情報がもたらされたのは、鬼塚様のみではございませぬ。町方にも届いています」

鬼塚は目を見張った。

「どのような文だ」

「深川に鬼雅の隠れ家があるというものの他に、根津、谷中、浅草など、鬼雅を見た、次はどこそこの船を狙うらしい、といったたぐいのものです。こちらに」

竹内は、鬼塚を隣の部屋に誘い、畳に広げていた絵地図を見せた。

江戸市中のいたるところにされた印に、鬼塚は眼光を鋭くする。

「嘘の情報を流し、探索を攪乱しようとしているのか」

竹内はうなずいた。

「おそらく」

「真の狙いはなんだと思う」

「これを見る限りでは、我らが出くわした川上から目をそらせようとしているとしか思えませぬ」

「おぬしがやりあった流域を縄張りにしているということか」

「決めつけるのは、危ないかと」

鬼塚は絵地図を睨んだ。

「黒が偽、赤い印が、実際に悪事を働いた場所か」

「はい」

「確かに、荒川のみではない。これを見る限り、奴は神出鬼没だ。川で捕らえるより、隠れ家を見つけ出すほうが確実だが、難しい。何かよい知恵はないか」

竹内はしばし考え、鬼塚の顔を見て言う。

「鬼雅は荒い気性にみえて、実は冷静でずる賢い者かと。偽の情報を流して目をそらせ、手薄な場所で悪事を働く。鬼雅が攪乱をくわだてるのを逆に利用して情報の元を探り出せば、一味に近づけるのではないでしょうか」

鬼塚は、満足そうな顔をした。

「なるほど。それがよい！」

膝を打ち鳴らして立ち上がった鬼塚は、早々に網を張る、と言って、帰っていった。

竹内は、畳に広げられた絵地図を見おろし、鬼塚から聞いた偽の情報が流された地に新たな印を貼った。

探索の難しさを痛感していた竹内は、険しい面持ちで眺め、思案をめぐらせた。

部屋に入ってきた六左が、竹内の横で片膝をつき、絵地図に目を向ける。悩ましい面持ちとなり、

「若殿ならば、このような時、どう動かれるのでしょうか」

ぼそりと言うので、竹内は厳しい目を向けた。

「それを申すな」

六左は頭を下げた。

「申しわけございませぬ」

竹内は絵地図に目を向け、筑波山護持院元禄寺近くにある葉月家の屋敷を見つめた。

「このたびばかりは、若殿には大人しゅうしていてもらわねば困る」

「はい」

「六左」

「はは」

「今も鬼塚様と話していたのだが、偽りの情報を流す者を探り出し、そこから鬼雅の居場所を突きとめることとなった。まずは、配下の者を川賊改役の組屋敷に差し向け、目を光らせよ」

「承知しました」

六左が立ち去ると、竹内は絵地図に眼差しを戻し、黙然と考えた。

五

「川賊が出たらしいです。手口からして、鬼雅ですよ」

戻った翔が耳打ちするので、鯉姫は眉をひそめた。

「どこで出たん？」

翔は得意げな顔で鼻頭を指ではじき、廊下に腰かけた。裏庭から大川が望まれる浅草蔵前の家は、医者の一包が病を治した大店のあるじが妾を住まわせていた物だが、今は空き家となっていたのをただも同然で貸してくれている。

傷が癒えた一包は今、家主の許しを得て表の二間を使い、医者を再開している。

襖を隔てて患者と話す一包のことを気にした鯉姫は、翔を誘って川端に行き、改めて訊く。

「どうして黙っとるん」

翔は、先ほど見せた得意げな顔とは打って変わって、心配そうな面持ちで川を見ている。

「翔、なんとか言いんさい」

詰め寄ると、翔は鯉姫を見た。

「調べろと言われて探りましたが、鬼雅は凶悪です。二人じゃ、どうにもできませんよ」

「ええけぇ教えて。どこに出たんね」

「浅草の船乗りたちの噂話にすぎませんが、深川の沖で屋形船が襲われ、舟遊びをしていた商家の若い女房たちが攫われたそうです」

金持ちの女房連中が優雅に遊んでいたところを狙われたと聞き、鯉姫は拳をにぎりしめた。

「鬼雅め、また女を攫いやがったのか」

「船乗りの噂ですから、まだはっきり決まったわけではないですが」

「鬼雅に決まっとる！」

決めつける鯉姫に、翔は驚いた。

「頭、鬼雅を目の敵にしているようですが、昔、何かあったので？」

鯉姫は翔から目をそらし、大川に向かって立った。

日光に輝く川面を滑っていく屋形船を目で追い、川下に顔を向けた鯉姫は、その先にある海の彼方を想像し、遠くを見る目をした。

「うちが瀬戸内で海賊をしよった頃のことよ。悪徳商人の船を襲ってお宝をいただいて隠れ家に帰りょった時、鬼雅の奴が襲ってきて、お宝を横取りしやがった。仲間も一人、殺されたんだ」

翔は驚いた。

「初めて聞きました」

「うちの恥じゃけん、五七が誰にも言うな言うたけぇね。五七はもうおらんけ、言うけど」

鯉姫は亡き五七を想い、声を詰まらせた。

「頭？」

「泣いてなんかおらんよ」

ひとつ大きな息をした鯉姫は、翔に顔を向けた。

「そういうわけじゃけ、鬼雅は許せんのよ」

「お言葉ですが頭、その時のことを根に持っているから、目の敵にされるので？」

「いけん？」

睨まれて、翔はごくりと喉を鳴らした。

「いえ、当然かと」

「せっかく苦労して大悪党から奪った荷を横取りした鬼雅は、帰りの駄賃にいただいて行くと言いやがった。それに、罪もない女を攫うあいつだけは許せん」

「でも頭、見つけたところで……」

「分かっとるよ。うちら二人じゃどうしようもできんことは。せめて、居場所だけでも知りたい」

「せめて……」

翔は合点がいった顔をした。

「なるほど、今の今、分かりました。芸州虎丸様にお知らせして、代わりにとっ捕まえさそうって、魂胆ですね」

鯉姫は薄い笑みを浮かべた。

「そういうことよね」

「でも、あまりあてにはならないかと」

「どうして」

「船乗りたちが、役人はあてにならないが、芸州虎丸も姿を見ない、と言っていました」

「やっぱり、まだ何もしとらんようじゃね」

寝所に閉じ込められたままなのだと思った鯉姫は、今夜にでも忍び込んで、尻をたたいてやろうと決めた。

「翔、他にも情報はある？　こまいことでもええけん、あったら教えて」

「芸州虎丸への手土産を持たせたいところですが、今のところはそれだけです」

引き続き調べると翔は言い、また出かけていった。

その夜、赤地に黒の麻の葉文様の小袖に、金魚の刺繍が施された帯を合わせた鯉姫は、虎丸の尻をたたくべく、葉月家の屋敷に忍び込んだ。

守りが手薄な屋敷に忍び込むことに、鯉姫はまったく苦労をしない。

「旗本いうんは、呑気なものじゃ」

鼻先で笑い、潜んでいた庭の茂みから立ち上がると、虎丸がいる寝所へ向かう。

部屋の明かりが消えている暗い中を歩み、縁側から廊下に上がり、寝所に続く中廊下に入った。すると、廊下に明かりが漏れている部屋があった。

虎丸の寝所へ行くには、その部屋の前を通らなければならない。

これまで二度忍び込んだが、あの部屋に明かりがあるのは初めてだ。

「警戒しているのか」

家来が詰めているのなら厄介だが、帰る気にはならない。

廊下が鶯張(うぐいすば)りになっていないのも、先に進む気にさせていた。

足音を立てずに廊下を歩み、明かりが漏れている部屋の前を通り過ぎようとした時、男が話す声が聞こえた。

若殿の熱、という言葉が耳に届いた鯉姫は、どうにも気になり、暗い廊下に溶け込むように片膝をつき、襖に耳を近づけた。

廊下に鯉姫が潜んでいるとは夢にも思わぬ五郎兵衛と伝八は、夜食のにぎりめしにも手を付けず、神妙な顔で膝を突き合わせて話をしていた。

伝八が下を向き、心配そうに言う。

「若殿は、瀬戸内を自由に動き回っておられたので、狭い屋敷で過ごされるのと、身代わりとなられた重圧により、気が滅入っておられるのではないでしょうか」

沈みがちの伝八に、五郎兵衛が言う。

「玄沢先生から、熱は気の病から出ることもあるゆえ、とにかく今は、何も考えさせず、休ませることだと言われた。先生のお言葉を信じて、快復を待つしかあるまい」

「一人の医者が申すことを鵜呑みにしてよろしいのでしょうか。病を見逃していれば、手遅れになりかねませぬ」

「おい、縁起の悪いことを申すな。虎丸様は、亡き若殿とは違う。亡き若殿の御遺言に従って、いや、我ら葉月家家臣とその家族のために、ここにいてくださるのだ。そのお方を、亡き若殿が見捨てるはずはない。必ずや、極楽浄土からお見守りくださるはずじゃ」


念仏のような声が聞こえた鯉姫は、襖から耳を離し、いぶかしむ顔をした。

（あの虎丸が、気の病だと）

虎丸のとぼけた顔を思い出した鯉姫は、暇つぶしに家来たちを騙して遊んでいるに違いないと思い、おかしくなって吹き出しそうになった。

口を手で押さえてその場から離れた鯉姫は、廊下を進み、二つ先にある寝所の前に行くと、静かに襖を開けて忍び込んだ。

奥にある一段高い座敷に目を向けると、行灯の薄暗い中に、こんもりとした布団がある。

鯉姫は歩み寄り、虎丸の顔を見た途端に、息を吞んだ。

苦しそうな息をしている虎丸は、鯉姫が近づいても気付かない。

額に濡(ぬ)れた布を置かれているので、とどまる時間はないようだ。

首筋に手を当ててみる。

「酷(ひど)い熱」

心配になった鯉姫は、枕元に置かれていた薬に目をとめ、

——一人の医者が申すことを鵜吞みにしてよろしいのでしょうか
と言った家来のことを思い出し、手を伸ばす。

袋から薬の包みをひとつ取り出して懐に隠し、虎丸を見た。

「これよりいい薬をもらってくるけん、頑張りんさい」

鯉姫は、苦しそうな虎丸の汗を拭(ぬぐ)ってやり、一包のところへ帰った。

だが、一包は急患で呼び出されていて、帰ってきたのは翌朝だった。

一睡もせずに病人を診ていたという一包はひどく疲れた様子だったのだが、待ち構えていた鯉姫は、詰め寄るようにして虎丸のことを話した。

その熱い気持ちに応えた一包は、話を真剣に聞いてくれ、鯉姫が持ち帰った薬を開いた。

まずは匂いを確かめ、続いて、少量を小指に付けて舐め、納得したようにうなずく。

「なるほど、これは、気持ちを落ち着かせる漢方の薬だ。眠らせる作用も強く、熱冷ましではないな」

と教え、医者の診立てどおり気の病からくる熱なら、効く薬はないという。

鯉姫は身を乗り出す。

「凄い熱だったんよ先生。あのままじゃ頭がいけんようになるけん、熱を下げる薬を作ってよ」

一包は困ったような笑みを浮かべた。

「それはできぬ相談だ。薬はひとつ間違えば毒にもなるから、病人を診なければ出せない。それに、先ほども言うたが、気の病から出る熱に効く薬はない。何も考えずに休んでいれば治るから、心配しなくても大丈夫」

鯉姫は納得しない。

「高い熱が続けば、うちの父のように死んでしまう気がするんよ。先生、お願いじゃけ熱冷ましの薬作って。このとおり」

必死に手を合わせる鯉姫に、一包は、普段とは違う厳しい顔をした。

「どうしてもわたしの薬がほしいなら、今から行って、診てあげよう」

「それができんから、頼んどるんよ」

「できない？　どうしてできないのだ」

いぶかしそうな顔をしている一包に、鯉姫はわけを言おうか悩んだ。

虎丸が身代わりであることが公儀の耳に入れば、大変なことになる。

「医者が付いとるけん、家の者が入れてくれんと思う」

「ならば、その医者に任せておけばいい。持って帰ったこの薬は、わたしでもなかなか作れない、値が張る薬草を使っている。相手が誰かは訊かないが、心配しなさんな」

「先生！　診ておくんなさい」

一包は表からの声に応じると、鯉姫に言う。

「今日も忙しくなりそうだ。翔がいないようだから、手伝っておくれ」

昨夜は一睡もしていないのに病人を診に出る一包を見上げた鯉姫は、続いて立ち上がり、手伝いに向かった。

夕方までに二十人以上の病人を診た一包は、そのうちの数人に、熱冷ましの薬を出していた。

一日手伝っていた鯉姫は、一包が座を外した隙に、薬箱を開けた。熱冷ましの薬は見覚えていたので、包みをくすねて懐に入れ、自分の部屋に隠した。

夕餉の時、一包が薬のことを何か言ってくるかと思ったが、気付いていないらしく、戻っていた翔とたわいない話をして、早めに床についた。

翔はというと、一日中、鬼雅の探索をして収穫を得られなかったことに疲れが増したらしく、一包が寝ると眠そうにしていたので、先に休ませた。

一人で片づけをした鯉姫は、やはり、虎丸のことが気になっていた。

今日来た患者の中には、一包も頭を悩ませる者もいた。病というのは実際に診なければ分からないというのは納得できたものの、中には、一包の熱冷ましのおかげで、高い熱が下がったという者もいた。

虎丸は今、どうしているのだろうか。

昨夜、これまで見たことがない苦しそうな虎丸を見てしまったことが、鯉姫のこころをざわつかせていた。

一包先生の薬で治るはず。

いいように考えた鯉姫は、片づけを終えて自分の部屋に入り、薬を持って出かけた。

そのすぐ後、二つの部屋の障子が開けられ、一包と翔が廊下に出てきた。

一包が、鯉姫が出ていった裏木戸を見て言う。

「わたしが言ったとおりでしょう」

「ほんとうだ。行っちまわれましたね。川賊を追う芸州虎丸の声が聞こえないのは、病だったからか」

「鯉姫は、その殿方を好いているのか」

「そんなわけ……」

笑った翔は、あっと目を見張った。

「まさか、惚れているんですかね」

「そうかもな。薬を出せと願うあのしつこさは、好いてもいない男のためではあるまい」

「いやいやいや。巷を騒がせている鬼雅を捕まえてほしい一心だと思いますよ」

「鬼雅か。それはそれで、鯉姫が心配だな」

一包は、義賊として悪徳商人の荷を狙っていた鯉姫と、荷を守ろうとする沢屋徳次郎の争いに巻き込まれ、徳次郎が送った刺客に重傷を負わされた。そのことで鯉姫の素性を知った一包は、鯉姫がふたたび、危ないことに関わろうとしていることを案じている。

翔は、鯉姫を止めようとしたものの、跡を追うのをやめた。虎丸を想う鯉姫の邪魔をするのは、野暮だと思ったのだ。


二人が勝手な解釈をしていることなど知る由もない鯉姫は、夜道を急いだ。

葉月家の屋敷に到着した時には、すっかり夜も更け、あたりは静まり返っている。

あいにく月明かりはなかったが、四度目ともなると迷わない。

屋敷に忍び込み、広い敷地を歩いて寝所がある建物に向かった鯉姫は、暗がりに潜み、中廊下の様子をうかがった。

昨夜明かりが漏れていた部屋は、今夜も同じで、人が詰めているようだ。ということは、その者たちは虎丸の看病をしているはず。

鯉姫は、二人の男の話し声を聞いた。

昨夜と同じ声の二人は、やはり、虎丸の熱が下がらぬことを心配し、話し合っているようだ。

気の病ではなく、どこか身体が悪いのではないかと心配になった鯉姫は、息を殺して聞き耳を立てたが、聞こえるのは、気の病、という言葉が多い。

もしもほんとうに気の病ならば、この熱冷ましを飲んでも効かないかもしれない。

そう思った鯉姫であるが、それは一瞬のことで、前向きに考えた。熱が下がれば、きっと気鬱も退散するだろう。

鯉姫は下がって暗がりに潜み、看病をする者が虎丸の様子を見に行って戻るのを待った。

一人の侍が部屋から出て寝所に向かい、程なくして戻ってきた。額の布を換えたに違いないと思う鯉姫は、次に来るあいだに薬を飲ませてしまおうと、寝所に忍び込んだ。

虎丸は、昨夜とまったく同じで、熱に息を荒くしている。

そっと頰に手を触れた。

「虎丸、起きろ」

耳元でささやいても、虎丸は顔をそらし、苦しそうだ。

肩を揺らしてみた。

「おい、虎丸、熱冷ましの薬を持ってきたけん、飲みんさい」

虎丸は、荒い息をしながら目を開けたが、それは一瞬のことで、苦しそうに顔を横に向け、額の布が落ちた。

一包先生が言っていたように、苦しそうでも薬が効いて眠っているのだろうか。とても自分で飲めそうにない。

鯉姫は虎丸を助けたい一心で、胸元から包みを取り出した。粉薬を自分の口に流し込み、水差しの水を含んだ。そして、右腕を虎丸の後ろ首と枕のあいだに差し入れて抱き起こし、唇を重ねた。

少しだけ薬を移すと、虎丸は飲み込んだ。

咳（せ）き込まぬよう、ゆっくり飲ませた鯉姫は、ふたたび横にさせ、間近に顔を見つめた。

虎丸は眉間に皺を寄せ、辛（つら）そうな顔をしている。

そっと布を額に戻した鯉姫は、耳元でささやいた。

「熱が下がったら、恩返ししんさいよ」

そう言うと、薄い笑みを浮かべて立ち去った。


翌朝、目をさました虎丸は、半身を起こした。

「ごめん」

額に手を当てた五郎兵衛が、明るい顔をして言う。

「熱が下がっておりますぞ。ご気分はいかがです」

「少し頭は痛いが、身体が軽くなった気がする」

「熱が下がったおかげでしょう。ようございました」

喜ぶ五郎兵衛にうなずいた虎丸は、そばに控えていた伝八に顔を向けた。

「伝八」

「はい」

「もしかして昨夜、口移しで薬を飲ませた？」

伝八は驚いた。

「いえ、そのようなことはしておりませぬが」

「ほうか……」

五郎兵衛がにやけた顔をした。

「若殿、夢を見られましたか」

「いや、確かに、口移しで飲ませてもろうた気がするのだが」

唇を触る虎丸に、

「夢でございましょう」

と、伝八も言うのだが、思い出そうとした虎丸の頭には、間近で見つめる女の顔が浮かんだ。

「鯉姫……」

「今、なんと」

五郎兵衛が訊いたので、虎丸は首を横に振る。

「何でもない。夢を見ていたのだろう」

そう言って誤魔化した虎丸は、顔を横に向け、眉間に皺を寄せた。

「まさかな。あるはずはない」

「水を換えてきます」

伝八が言うので見ると、水差しを持っていた。

飲んでいないはずの水が減っていたので、はっとした虎丸は、唇をつまんだ。


その頃鯉姫は、蔵前の家で朝飯を作っていた。

支度を調えた鯉姫は、梅干しと茶の湯飲みを乗せた折敷を持ち、まだ眠っている一包を起こしに部屋へ行き、声をかけた。

「先生、起きてください」

「うぅん」

眠そうな声に応じて部屋に入った鯉姫は、折敷を差し出す。

「今日も患者が来ますから、目をさましてください」

「うん。ありがとう」

起きたてに茶をすすった一包は、鯉姫が梅干しを差し出した時にいぶかしむ顔をして、袖をつかんで引き寄せる。

驚いて抵抗する鯉姫の袖を嗅いだ一包が、険しい顔をした。

「袖に染みているこの匂いはどうしたのか」

虎丸を抱き起こした時に、汗の臭いが移ったのか。唇を重ねていた鯉姫は、恥ずかしくて言えず、横を向いた。

真っ赤な顔をする鯉姫に、

「どうしたのかと、訊いている」

一包がいつになく厳しく言うので、鯉姫は、ばれていると思い正直に話した。

「芸州虎丸に、先生の熱冷ましを飲ませました。抱き起こしたので、その時に臭いが付いたのです」

鯉姫はそう言うと、逃げるように立ち去った。

「待ちなさい」

鯉姫は聞かずに家の外へ行ってしまったので、一包は文机に向かって筆を執り、急いで翔を起こしに行った。

「すまぬが、これに記したところに行き、書いてある物を買い求めてきてくれ」

金と紙を渡すと、翔は眠そうな顔で受け取った。

「何です？」

一包は、渋い顔をした。

「手に入れば話す」

応じた翔が紙を受け取り、手早く身支度をして出かけた。

縁側で見送った一包は、立ったまま腕組みをして考えていたが、何かに思い当ったのか、より一層、険しい面持ちとなった。

第三話　鬼雅の罠

一

竹内が率いる葉月家の船手方と、鬼塚が総指揮を執る川賊改役の探索は続いているが、偽の情報を流す者を見つけることに難儀をしていた。

「鬼雅の一味は、次は大川の河口で大仕事をするらしい」

とか、

「どうやら、ご公儀の力が及ばぬ荒川の上流で荷と女を狙っている」

などと、まことしやかな噂が飛び交っていた。

これまでも荒川の上流で荷船が襲われているため、鬼塚はそちらに多くの人を割いて探索に向かわせた。

鬼塚から助太刀を命じられた竹内は、偽情報の探索を一旦止め、高里兄弟と共に荒川の上流へ早船を出した。

偽の情報が多い中で、荒川上流の情報はまともだった。なぜなら、この情報をもたらした荷船の船頭が、見覚えていた鬼雅一味の船が荒川の川上に向かうのを目撃していたからだ。

だが、鬼雅はぬかりがない。

役人の動きをいち早く察知した鬼雅は、船を隠し、陸路で江戸へ立ち戻った。その途中の千住で、川を上流へ向かう葉月家の早船を目撃した鬼雅は、舳先に立って漕ぎ手たちを急がせる侍が高里歳正と気付き、鋭い眼差しで見送った。

江戸に戻った鬼雅は、その翌晩には、赤坂の料理屋に姿を現した。

身なりは昨日までとはうって変わり、無精ひげを剃り、頭は町人髷に整え、上等な麻の着物に絽織りの長羽織を着け、誰が見ても、

――優しそうな大店のあるじ

という具合に、化けの皮を被っている。

江戸市中では海産物問屋の畿内屋左京を名乗る鬼雅は、それこそ、武蔵屋小太郎の店の目と鼻の先の伊勢町に店を構え、隠れ蓑としている。

その畿内屋左京こと鬼雅がわざわざ赤坂まで足を運んだのは、表の商売ではなく、

裏の商売の金を催促するためだ。

剣の遣い手の手下が廊下で警戒する中、鬼雅は通された部屋で、この藪屋のあるじの定治と膝を突き合わせ、密談をしている。

機嫌を取る定治に対して、鬼雅は、いまいましそうに舌打ちをした。

「今日は、狙っていた女を三人連れてくるはずだったのだが、邪魔が入った。許せ」

にこやかだった定治が、心配そうな顔をした。

「いったい、何があったのです」

「前に話した高里歳正のことを覚えているか」

「ええ、四国の……」

「野郎が、しつこくわしを捜し回っていやがるのよ。昨日も、役人を引き連れて邪魔をしにきやがった」

「それは、厄介でございますね。お気の毒に」

他人事のように言う定治とは、長い付き合いではない。鬼雅がまだ淡路を拠点にしていた頃、その道の者からの情報で、江戸の人買いとして定治の名を知っていたのみ。二人の付き合いは江戸に来てからはじまったことなので、互いに信用は浅い。

不機嫌な鬼雅に、定治が言う。

「手前のほうは、今のところ足りていますから、しばらくは大丈夫です」

「うむ。荒川での仕事は、ほとぼりが冷めてからにする。何かいい儲け話があれば教えろ。他の川でも出張るぞ」

「他の川は、あいにく空きがございません」

「ふん、川賊の縄張りなど、知ったことじゃねぇ。奪った者勝ちだ」

「田舎の海はそれで通るかもしれませんが、手前の顔もありますので、新参者はお控えください」

定治は柔和に言うが、目は笑っていない。

それは鬼雅も同じで、定治をじっと見据えている。

目力に押された定治が、機嫌を取るべく言う。

「高里なにがしという者は、藩を追い出されるきっかけを作った頭を恨んでいるのでしょう。そういう男は、地獄の果てまで追ってくるはず。なんなら、こちらで始末しましょうか」

鬼雅は、ふてぶてしい顔をした。

「奴は葉月家を頼っているようだが、船手方はたいした者ではない。先日も、頭と思しき野郎の肩を弓矢で射貫いてやった」

「それはまた、大それたことを」

「ふん。構うものか。そういうことだから、お前の手は借りねえよ。それよりも、美味しい情報を回せ」

定治は困り顔で笑った。

「手前など頼らずとも、左京さんはいつも、いいところに目を付けられるじゃないですか。特に、おなごのことは」

ほんとうの名を知らぬ定治に、鬼雅は鋭い目を向ける。

「今日はそのことで来た。わしが売った女どもはどうだ。稼いでいるのか」

定治は悪い顔つきとなった。

「上玉が揃っていますので、おかげで大儲けしていますよ。江戸の擦れた女郎に飽きた客が、毎晩押し寄せています。そのお礼をしとうございますので、今夜は、ゆっくりしていってください」

定治は膝を転じて、襖を開けた。隣の部屋には布団が敷かれ、その傍らに女が座っている。薄化粧のみの顔は美しく、薄い肌着一枚の姿が、なんとも色気がある女だ。

「いかがです。頭が二月前に攫うた、百姓の娘でございますよ」

「二月前……」

鬼雅は、女を指差した。

「あの時の田舎娘か。見違えたな」

鬼雅に言われて、女は桜色の唇に笑みを浮かべた。

定治が上機嫌で言う。

「聞けば、この娘は口減らしに売られた者でして、たいして繁盛もしていない店で下働きをさせられることになっていたのですよ。あのまま商家に送られていれば、今頃は、ろくに飯も食えずに、朝から晩までこき使われていたでしょう。ですから今では、こちらに来てよかったと、喜んでいるのですよ。なあお前、そうだろう」

「あい」

女は細い声で応じ、鬼雅に微笑んだ。

定治が忙しげに言う。

「微笑んでばかりじゃだめだ。今夜は恩人を楽しませたいと言ったのは、お前のほうだよ」

応じた娘は立ち上がり、鬼雅の横に来て座ると、腕に手を添えて身を寄せた。

震えていることに気付いた鬼雅は、定治に脅されてしていることを悟り、女を突き放した。

「きゃ」

驚いた女が、はだけた裾を引き寄せ、強張った顔を向けた。

それを本音と見た鬼雅は、定治に顔を向ける。

「女はいらぬ」

見据えて言うと、定治はたちまちのうちに額に汗を浮かした。

「お気に召しませぬか。申しわけございません。おい、下がれ」

女は逃げるように、立ち去った。

取り繕った笑顔を向けた定治が、手つかずのままになっていた膳の銚子を取り、注ぎ口を向ける。

「ささ、気を取り直されて、一杯おやりください」

応じて盃を差し出した鬼雅は、注ぐ定治の顔色をうかがった。そして、酒が満たされた盃を口に運びかけて手を止め、定治をじろりと睨む。

見ていた定治は、苦笑いを浮かべた。

「毒など、入っておりませんよ」

「ならば、先に飲め」

差し出された盃を見た定治は、受け取ろうとして手を滑らせた。

「これは、とんだ粗相を」

こぼれた酒を拭く定治に、鬼雅が身を乗り出す。

「気を付けな」

「はい」

鬼雅は膳を遠ざけ、定治を見据えた。

「酒は後だ。いただく物を先にいただこう」

すると定治は鬼雅から離れ、顔つきを一変させた。

「田舎の海賊などに渡す金は、一文もねぇのだよ。先生方！」

定治が声をあげると、先ほど女がいた部屋の横手の襖が開けられ、潜んでいた用心棒たちが出てきた。

三人の用心棒は、正座している鬼雅を囲んだ。

廊下にいた鬼雅の手下たちは、定治の手下に騙されてどこかに連れていかれたのか、助けに来ない。

窮地に立たされたはずであるが、鬼雅は眉ひとつ動かさないどころか、自慢の長刀を引き寄せて正座したまま、不敵な笑みさえ浮かべている。

「おい定治、てめえ、わしが女を抱いている隙に息の根を止めるつもりで、ここに呼びつけたのか」

　定治は片笑む。

「そのとおりよ。お前は欲の出し過ぎだ。ただで手に入れた女を一人百両で売ろうなんざ、厚かまし過ぎるんだよう」

「ここの繁盛ぶりを見る限り、百両でも安いほうだろうが。それに、わしらは命を張って仕事をしているんだぜ」

「なんと言おうと、てめえに払う金はねえ」

　鬼雅はため息をついた。

「お前とは、長い付き合いができると思うていたが、残念だ。まあいい。今日のところは生かしてやるから、大人しく金を払え。五百両に負けといてやる」

「はあ？」

　定治は用心棒たちと笑い、馬鹿にした顔をする。

「てめぇ、目が見えねぇのか」

　鬼雅は定治を睨んだ。

「同じことは言わねぇぜ」

殺気を感じた定治の顔から嘲笑が消え、用心棒に顎で指図する。

抜刀した用心棒が気合をかけて刀を振り上げた。

鬼雅は片膝立ちになるや長刀を抜き、用心棒の腹を一閃する。この一連の動きは一瞬の出来事だ。

用心棒の腹から血が飛び散った時には、鬼雅は膝立ちのまま横に転じ、右手に立っていた髭面の用心棒の片足を切断していた。

またたく間に二人を倒す凄まじい剣技を目の当たりにして、三人目の、痩せた用心棒は声も出ぬ。抜刀はしたものの、正眼に構える腰は引け、切っ先をがたがた震わせている。

油断のない目を向けてゆっくり立ち上がった鬼雅は、刀を右手に下げたまま前に出た。

目を見張った用心棒が、

「おのれ！」

裂帛の気合をかけて斬りかかる。

鬼雅は片手で刀を弾き、片手打ちに用心棒の首を斬った。

吹き出た血が顔にかかった定治は、廊下まで下がって腰を抜かした。

そこへ、騒ぎを聞いた鬼雅の手下が駆けつけ、刃物を抜いて追ってくる定治の手下どもを斬り倒すと、真っ青な顔をして声も出せぬ定治を囲んだ。

鬼雅が定治に歩み寄り、長刀を喉元（のどもと）に突き付けた。

「い……、命ばかりは……、お助けを」

「今さら遅い」

「まま、待ってくれ。金は払う、倍の千両出す。耳寄りなことも教える。大儲けの話だ」

命乞（ご）いをする定治は、顎に刀の峰を当てられて悲鳴をあげた。

「嘘じゃない。わたしを殺せば、大量の銀が手に入らなくなる。それでもいいのか」

鬼雅は刀を引いた。

「話を聞いてやろう。ただし、つまらぬことならこの場でたたっ斬る」

刀を目で追っていた定治は、鬼雅が鞘（さや）に納めるのを見て安堵（あんど）の息を吐き、正座して神妙に言う。

「石見の銀を横領して処罰された代官がいるのですが、そいつが長年貯め込んでいた大量の銀が、近々江戸に運ばれてくることになったのです。日付も分かっていますので、命をお助けくだされば、後日必ず、使いの者を行かせます」

鬼雅は怪しんだ。

「そのようなことを、くだらぬ人買いのお前ごときがどうして知っている」

すると定治が、怒りを押し殺したようななんともいえぬ笑みを浮かべた。

「手前は確かにつまらねぇ男でございますが、ここに遊びに来る客の中には、偉い人もいるんですよ。銀のことは、公儀の役人が女に漏らしたことなので、間違いないことです」

「ならば、さっさと教えろ」

「ご冗談を。しゃべった途端にばっさりやられたんじゃ、たまったものじゃねぇ」

「ならば用はない」

鬼雅に応じて、顔に刀傷がある手下が抜刀したのを見て、定治が目を見開き、手のひらを向けた。

「待ってくれ。いや、待ってください。言いたくても、まだ足りないところがあるんです」

鬼雅が舌打ちをした。

「そいつはなんだ」

「日付は分かっていても、どこからどのように運ばれてくるのかまでは、分かっちやいません」

怯(おび)えきった様子の定治の前に立った鬼雅が、抜く手も見せず長刀を振るい、静かに鞘に納めた。

あっ、と息を呑(の)んだ定治は、薄皮が斬られた鼻頭を手で押さえ、恐怖に怯えた声をあげて後ずさりした。

腰が抜けたままの足をばたつかせ、廊下の柱まで下がる定治を、鬼雅が睨む。

「銀が運ばれるのはいつだ」

「こ、今月の、二十五日です」

「あと二十日か。よし、三日だけ待ってやる。女を買いに来た侍から、銀をどのように城へ運び込むのか、道順を訊(き)き出せ。できなければ、次はその顔が真っ二つだ」

「か、必ず。金も、お支払いします」

定治は物入れから手箱を取り出し、金蔵の鍵(かぎ)を渡した。

「千両箱がありますんで、持って行ってください」

鍵を手下に渡した鬼雅は、顔に刀傷がある男に言う。

「お前は残れ」

「承知」

鬼雅は、定治を見てほくそ笑む。

「驚いているようだが、まさか、この場しのぎの嘘か」

「い、いえ」

「ならいい。こいつは目付として置いて行く。期限は三日だ。忘れるなよ」

鬼雅はそう言いつけ、他の手下どもを連れて引き上げていった。

がっくりと両手をついた定治は、放心したような様子で動かなくなった。

二

いっぽう、偽の情報源を見つけあぐねていた竹内は、下屋敷の座敷に広げた絵地図を見つめて考え込んでいた。

偽情報には、鬼雅が意図して流したものの他に、何の根拠もない単なる町の噂も少なくない。

これを一つ一つ潰(つぶ)しているあいだにも、また新たな情報が入ってくる。

「きりがない」

竹内はそうぼやき、ある思いに達した。

「六左」

「ここに」

声に応じて、庭に控えていた六左が濡れ縁の下に来て片膝をついた。

廊下に出た竹内が言う。

「今日よりは偽の情報を追うのではなく、鬼雅が攫った女たちの行方を追おうと思うが、どうか」

六左は厳しい眼差しを上げた。

「人買いの筋から、鬼雅を見つけ出そうとお考えですか」

「うむ」

「よろしいかと存じます。まずは、もぐりの女郎屋から探ってみます」

「あてはあるのか」

「ええ、まあ」

六左ははっきりと口に出さなかったが、竹内は表情から、配下の者で、そういうところに通っている者がいることを察した。

「しばし待て」

竹内は部屋に入り、手箱から小判を十枚取り出して戻ると、六左に差し出した。

「銀が運ばれるまで時がない。急いでくれ」

「承知しました」

軍資金を受け取って下屋敷を出た六左は、江戸中に散らしていた配下に伝達した。

その中の一人に、辰介(たつすけ)という二十二歳の若者がいる。

この者は、武州(ぶしゅう)浪人の家に三男として生まれ、六左に拾われる前は手の付けられぬ悪がきだった。博打場(ばくちば)でいかさまを見抜いてやくざ者を相手に大喧嘩(おおげんか)をした挙句、腹を刺されて堀川に捨てられていたのを、運よく六左に助けられたのだ。

命拾いした辰介は、以来命の恩人と慕い、六左が葉月家家老の家来だと知ってからは、どんなことでもするので配下にしてくれと懇願し、今は、六左の下で働いている。

といっても、浪人の家に生まれながら剣術がからきしだめな辰介の仕事は、六左の伝言を配下の者たちに伝え回ることだ。

夜までにすべての者に伝え終えた辰介は、走り回ってへとへとになり、家路についていた。

そんな辰介の前に現れた六左が、懐から財布を出し、まるごと渡した。

ずしりと重い財布に辰介が驚いていると、六左が厳しい顔で言う。

「皆に伝えたか」

「はい」

「ではお前は、地元に戻り、もぐりの女郎屋を探れ」

「赤坂ですか……」

辰介は表情を曇らせた。

「どうした」

「もぐりの女郎屋は何軒か知っていますが、昔のことがありますので、ああいうところにはちょっと」

困り顔で言うのは、赤坂で散々悪さをしていたからだ。

六左が肩をたたいた。

「今のお前を知る者がいるのか」

「いいえ。どこかで野垂れ死んでいると思われているかと」

「いやなら、女郎屋の場所を教えてくれ。おれが行く」

六左が財布を引き取ろうとしたが、辰介が拒んだ。

「とんでもない。頭をあんなところに行かせるわけにはいきません。おれが行きます」

財布を懐に入れると、日本橋の通りを赤坂に向けて走った。

背中を見送った六左は、笑みを浮かべると、他の町へ探索に向かった。

すっかり夜になって赤坂に着いた辰介は、知った顔を見ると路地の暗がりに隠れながら、にぎやかな通りを進んだ。

初めに暖簾（のれん）を潜ったのは、十六の時に、悪友に連れて行かれた女郎屋だ。

六年前のその日のことは、女郎屋が初めてという緊張で店の様子は覚えていないが、相手をしてくれた年上の女のことは、昨日のことのように目に浮かぶ。

まだいるのだろうか。

そんなことを考えながら土間に入った辰介は、帳場に座る狸顔の女将（おかみ）と目が合い、はにかんだ。

気付いた女将が、

「あれまあ」

手を上下に振り、太った身体が重そうに立ち上がると、上がり框（かまち）まで出てきた。

「辰坊、久しぶりだねぇ。おさいちゃんなら、もういないよ」

辰介は、苦笑いをした。

「覚えていたのかい」

「当たり前じゃないのさ。三日にあげず通っていたんだから。ぱったり来なくなって、おさいちゃん寂しがっていたんだよ。おや、よく見ると見違えたね。今何しているんだい」

「旗本のご家来のご家来の、手伝いをしているのさ」

指を折った女将が、

「まあいいや。とにかく見違えたよ。おさいちゃんが見れば、喜んだだろうに」

「おさいは、どこに行ったんだ」

「身受けをされて、今じゃ豆腐屋の若女将だよ。店も繁盛して、幸せに暮らしているよ」

もぐりの女郎屋だけに、ここは一見すると、どこにでもある料理屋なのだ。

女中として働いていたおさいは、それと知って来る客の声がかかれば、一晩を共にしていた。

生まれは江戸だと言っていたが、幼い頃の話になると見せていた暗い表情は、江戸ではなく、どこからか売られて来たのだと想像させていた。

女将は明るい人柄なのだが、素性を知りたがる客に対しては、親はあたしですよ、と笑って言い、女郎たちの過去は決して口に出さなかった。

そこのところをよく知っている辰介であるが、葉月家のために、なんとしても人買いのことを調べなくてはならない。

そんな辰介の顔を見て、女将は表情を一変させた。

「もしかしてあんた、御用の筋で来たのかい」

「ええ？」

「そう顔に書いてあるんだけど」

辰介ははにかみ、上がり框に腰かけた。

「女将には、敵わないな。昔から、なんでもお見通しだ」

「伊達に長くこの商売をやっちゃいないからね。本来なら追い返すところだけど、他でもない辰坊の頼みだ。言ってみな」

「その辰坊ってのは、もうよしてくれよ。二十二だぜ」

「あたしにとってはいつまでも辰坊さ。それで、何を知りたいんだい」

「近頃噂が絶えない鬼雅のことは、赤坂まで聞こえているかい」

「鬼雅……。知らないねぇ」

「川賊は、赤坂には縁遠いか」辰介は腕組みをした。「それじゃあ、人買いはどうだ。田舎娘を売りに来る者がいるだろう」

女将は顔色一つ変えずに、黙って辰介を見ている。

「来ないのかい？」

「知ってどうするのさ」

「鬼雅という悪党は、荷船を襲って女を攫い、人買いに売り飛ばしているんだ。人買いをどうのこうのしようって話じゃなく、売った鬼雅の居所を知りたいだけだ」

女将はやっと表情を和らげた。

「辰坊に頼まれたんじゃ、言わないわけにはいかないね。ほんとうに、人買いには手を出さないんだろうね。中にはさ、助かった娘もいるんだから」

「商売の邪魔はしないよ」

辰介が言うと、女将は三人の名と家を教えてくれた。

「ほんとうに、捕まえやしないんだね」

念を押されて、辰介は六左の財布を出して見せた。

「銭を払って、川賊のことを訊くだけだ。安心してくれよ」

「今言った三人は捕まえてもらっちゃ困るんだけどさ、もう一人、気に食わない人買いがいるよ。そいつを捕まえてくれないかね」

「言ったじゃないか。おれたちが追っているのは人買いじゃなく、川賊だ」

「つまらないねぇ」

顔をしかめて残念そうにする女将は、本気できらっているように見えた。

「そいつの名はなんて言うんだい」

「口に出すのもいやだよ」

「ずいぶんきらっているな。何か揉めたのか」

「人買いだけしていればいいのにさ、こじゃれた店を出して繁盛しているものだから、常連さんを何人も持っていかれたよ。話に聞いたところじゃ、大して色気もない女たちが無垢なふりして客を取るから、白粉臭い女郎に飽きた男どもがあっちへ行っているんだよ」

「ははぁ、それで静かなのか」

店を見回す辰介の腕を女将がつねった。

「静かで悪かったね」

「すまねぇ。商売敵のそいつは、どこの誰なんだい」

「定治っていういやな野郎だよ」

「店は」

「藪屋だよ。調べるのかい？」

「まあ、一応な」

「きっとろくな事しちゃいないから、藪屋から調べてみなよ。定治の奴は人買いをしていた時、田舎のお百姓を騙して娘をただ同然で売らせていたような男だからね。あたしは、あいつが連れてくる娘さんだけは引き受けなかったよ」

女郎たちに慕われている女将の言うことは、嘘ではないだろう。

辰介は、まずは藪屋を調べようと決めた。

「藪屋はどこにあるんだい」

「表伝馬町二丁目だよ。普通の料理屋だから、新参者には女を抱かせないらしいよ」

「探索を警戒しているってわけか。ありがとうよ。それじゃ、またな」

立ち上がる辰介に、女将が尻を浮かせた。

「ちょいと、遊んで行かないのかい？」

「いけね。野暮だったな。今日はこれで勘弁してくれ」

振り向いた辰介は、小判を一枚女将の胸元に差し込み、悪党を捕まえたらまた来ると言って店を出た。

小判を抜いた女将は、

「儲かった」

首をすくめて言い、辰介が去った戸口に嬉しそうな顔を向けた。

辰介は足早に、藪屋がある町へ行った。

夜でもにぎやかな通りには、芸者を呼んで遊ばせる店もあり、客を待つ駕籠が並んでいる。

商家のあるじ風の客が芸者を連れて歩いている姿は、贅沢になった世を映したような景色だ。

新吉原に飽きた金持ちたちが、赤坂に流れてきているのだろうか。

自分には縁のないことだと思いつつ、芸者たちと騒ぐ男を横目に先を急ぎ、藪屋の看板を見つけた。

金はたっぷりあるので、客のふりをして中に入ろうと決めた辰介は、着ている着物を気にして襟を引き合わせて整え、表の戸口へ向かった。

その時、店の者らしき男が出てきた。

続いて出てきた身なりがいい男に頭を下げ、

「行ってらっしゃいませ」

と言うので、定治だと知った辰介は、歩みを遅くして様子を見た。

出かける定治に遅れて出てきた剣格風の顔を見た刹那、辰介は息を呑み、商家の路地に駆け込んで隠れた。剣客の顔には、右の頬から鼻にかけて刀傷があったからだ。

竹内家老が怪我をして戻った時、六左に付き従っていた仲間から、鬼雅の船に乗っていた者どもの特徴として、顔に傷がある剣客のことを聞いている。

「女将に感謝しなきゃな」

あまり来たくなかった赤坂で、思わぬ手柄を上げた気になった辰介は、定治が鬼雅と会うことを期待して跡を追った。

夜道を歩く定治は、藪屋にほど近い料理屋に入った。

中を探ろうと近づいてみたが、表も裏も、戸口に人相の悪い連中が立ち、板塀を越えようとしても、各所に人が立ち、守りが堅い。

下手に動いて捕まれば、鬼雅に逃げられてしまう。

六左の配下の中でもっとも未熟な辰介は、へまをして迷惑をかけることを恐れ、無理をせずその場から離れ、六左に知らせるべく夜道を走った。

三

「間違いないのだな」

六左に訊かれて、辰介は手真似を入れて教えた。

「確かに、ここからこう、刀傷がありました」

右の頬から鼻にかけて指を走らす辰介に、六左はうなずく。

「よくぞ、功を焦らず戻ってくれた」

未熟な辰介を行かせたものの心配していた六左は、肩をたたいて労い、座敷に正座している竹内に振り向いた。

下座にいた高里歳正が、竹内に言う。

「それがしに行かせてください。鬼雅の居所を突きとめます」

「いや。おぬしは顔を知られているからだめだ。ここは、六左にまかせよう。六左、顔に傷がある剣客を見張れ」

「承知しました」

六左は辰介を連れて下がり、下屋敷内にある長屋に戻った。

待っていた四人の配下に藪屋を探ることを告げ、辰介の案内で赤坂に向かった。

生ぬるい風が吹く中、夜警に回る町方の者たちに見つからぬよう暗がりに潜んだ六左たちは、藪屋を交代で夜通し見張った。

ひと雨降るかと思われたが、朝になる頃には初秋の冷気を感じ、空には朝日が昇ってきた。

泊り客が人目をはばかって裏路地から出てきたのは、他の家々から炊事の煙が流れはじめた頃だ。

駕籠も使わず、袖で顔を隠すように表の道へ出ていった商人風の男は、すれ違った青物の棒手振りにどこそこの旦那さんと声をかけられ、ばつが悪そうな様子で走り去った。

おもしろがった棒手振りが、藪屋の建物を見上げながら路地の裏手に回り、慣れた様子で木戸から入った。

程なくして出てきた男の天秤棒には青物がなくなっていて、

「毎度あり。明日もご注文の品を持ってまいりやす」

上機嫌で言うと戸を閉め、足取り軽く帰っていった。

昼間は場所を変えながら絶えず目を光らせていたが、顔に傷がある男は出て来なかった。

日が暮れはじめると、藪屋に来る客も増え、店は繁盛している。今夜も出て来ないようなら、明日は客になりすまして潜入しようと考えていると、裏木戸を見張っている配下の者が路地から出てきて、表を見張っていた六左に小さくうなずいた。

顔に傷がある男が動いたという合図に、六左は身を隠し、道を挟んだ正面にいる配下と辰介に、隠れるよう顎で指図する。

慌てる辰介の肩をつかんだ年上の配下が、路地に引き込んだ。

顔に傷がある男は、見張りと気付かず六左の前を歩き、赤坂御門のほうへ行く。

六左はもっとも頼りにしている二人の配下に目配せをして、跡を追った。

男の跡をつける六左の背後に来た二人に、六左が言う。

「新九郎（しんくろう）、弥太七（やたしち）、ちゃっちゃと片づけて、若殿のもとへ帰るぞ」

六左の配下で虎丸の正体を知るのはこの二人のみだ。

いつも虎丸の駕籠を担いでいる二人は、顔を見合わせてうなずき、道端に置かれていた町駕籠を拝借して駕籠屋に化け、前を歩く男を睨み据えて追っていく。

あわてて菜飯屋（なめしや）から出てきた駕籠かきたちは、飯茶碗（ぢゃわん）と箸（はし）を持ったまま新九郎たちを追おうとしたのだが、六左が止めて、一分金を二枚見せた。

「後で必ず返しに来るから、これで貸してくれ」

一日働いても稼げない大金に、駕籠かきの二人は目を寄せる。

「いつお返しいただけるので？」

「すぐだ」

「へい。どうぞ」

「ああ旦那、駕籠はこの店の前に置いといてください」

貸すことを快諾した二人に一分金を渡した六左は、張り切る新九郎たちを追った。

着物を尻端折り（しりばしょり）して駕籠を担いでいる新九郎たちを見た駕籠かきの二人は、

「なかなか筋がいいな」

「おれたちより、息が合っているようだぜ」

などと言い、菜飯屋に入ると、追加の品を注文した。


高い金を払って駕籠を借り、怪しまれぬよう気をつけながら追ったのだが、その甲斐（かい）なく、顔に傷のある男が向かった先は剣術道場だった。

六左も知る新陰流（しんかげ）の道場は、赤坂では名の知れた大道場だ。

表門の前に止まった新九郎と弥太七は、中の様子を見ている。

六左は二人に、離れた場所で待つよう指示し、開けられたままの門を潜った。

道場ではすでに、殺伐とした空気が流れていた。

顔に傷のある男は無断で道場へ上がり、

「それがしと、勝負いたせ」

稽古（けいこ）を見ていた道場主の前に立つなりそう言ったのだ。

「無礼者！」

叫んで迫り、木刀で打とうとした師範代であったが、振り向きもしない男に刀の鐺（こじり）で腹を突かれ、木刀を落として倒れた。

門人たちが色めき立つのを制した道場主が、座ったまま、男に厳しい目を向けて訊く。

「道場破りか」

「いや。尊敬するお方に近づくため、剣の腕を磨きたい。それだけのことよ」

「ならば、このような真似をせず門下になったらどうだ」

「道場稽古など、ものの役に立たぬ」

道場主は男を見据え、何かを悟ったようだ。

「名を訊いておこう」

顔つきが一変した道場主に、訊かれた男が一歩下がる。

「高瀬、弦才」

道場主は、やおら立ち上がり、弟子が差し出した木刀をにぎって前に出る。

「高瀬弦才。貴様、人を斬っておるな。目がものを言うとはよう言うたものだ」

弦才は薄い笑みを浮かべ、答えとした。道場主に投げられた木刀を受け取り、刀を置く。

二人は道場の中央にて対峙し、互いに正眼に構えて切っ先を交差させた。

門人たちが固唾を呑んで見る中、先に動いたのは道場主だ。

裂帛の気合をかけて、木刀を打ち下ろす。

足を右前に出してかわした弦才が、木刀を横に一閃する。

太刀筋を見切った道場主が木刀で受け止め、刀身を転じて、相手の肩を狙って振り下ろした。

木刀が空を切るや、道場主の眉間に、木刀の切っ先がぴたりと止められた。

息を呑んだ道場主が、怒気を浮かべて木刀を払い、八双の構えから気合をかけて打ち下ろす。

弦才は刀身をからめて、大きく上下に振るった。

道場主の手を離れた木刀がくるくると舞飛び、壁に当たって落ちた。

弦才は嘆息を吐く。

「少しは暇つぶしになると思うたが、所詮(しょせん)は町道場の武芸か。つまらぬ」

目を見張って声も出せぬ門人たちに、弦才は木刀を投げ返し、己の刀をつかんで戸口へ向かった。

屈辱に歯ぎしりをした道場主が、上座に置かれている真剣を取りに行こうとした。だが、師範代が足にしがみついた。

離せと叫ぶ道場主。

離しませぬ、と言って必死に止める師範代の声を背中で聞いていた弦才は、笑いながら道場から出ていった。

駕籠かきのふりをして町角にいる新九郎と弥太七のところに戻った六左は、来た道を帰る弦才の背中を見据えて言う。

「藪屋に戻るようだな。ただの暇つぶしに付き合わされたが、名が分かった。高瀬弦才と言う名に覚えはあるか」

「いえ」

「初めて聞く名です」

「奴は、鬼雅に引けを取らぬ強さを秘めていた。船で捕らえるより、隠れ家を突きとめて大勢で攻めたほうがいい。逃さぬぞ」

「はい」

声を揃えた二人を従えた六左は、弦才を追った。

途中で、菜飯屋の前に駕籠を返そうとすると、例の二人の駕籠かきたちは、酒を飲んで騒いでいた。

「今日はいい日だ」

「何もしねぇで大金を稼いだからよう」

などと自慢する声が格子窓から聞こえる。

気付かれぬように、言われたとおり表の戸口横に駕籠を置いた二人は、六左が金を払ったことを知って、申しわけなさそうに頭を下げた。

六左が苦笑いで言う。

「弦才のせいだ。この借りはたっぷり返してやるよ」

二人を連れて藪屋の見張りに戻り、何ごともなく夜となった。

六左たちは交替で見張りを続けていたのだが、夕方入った客がすべて引け、店の明かりが消えた。

このまま朝になるだろうと思い、六左が配下と交替して、近くに借りた町家の部屋に仮眠をとりに行こうとした時、昼間の菜飯屋の前には、まだ駕籠が置かれていた。

怪しんで見ていると、路地に潜んでいた辰介が出てきて教えた。

「新九郎さんから聞きました。あの駕籠かきの二人は、酔っ払って駕籠を置いて帰ったようです」

にやけて言うので、六左が鼻先で笑っていると、呼ぶ口笛が聞こえた。

振り向くと、配下の者が示す先に、藪屋の路地から出てきた人影があった。その者は、六左と辰介がいるほうへ来たので、咄嗟に暗がりに隠れた。

月明かりがある道を急ぎ足で行くのは、高瀬弦才だ。

逃すまいと跡をつけた六左であったが、気付かれたのか、四辻を曲がったところで、忽然と姿を消していた。

いきなり斬りかかられるのを警戒した六左は、焦って捜そうとした辰介を引き止め、油断なく道を歩む。商家のあいだの路地から物音がしたので身構えると、出てきたのは黒猫だった。

六左たちを警戒して背を低くしながら道を横切り、どこかに走り去った。

辰介が舌打ちをする。

「脅かしやがって」

「あたりにいるかもしれないぞ。気をつけろ」

六左が言った時、背後で火事を告げる大声がした。

「頭、藪屋のほうからです」

辰介に言われて、六左は背筋が寒くなった。

「しまった。急げ！」

走って戻ると、藪屋の表戸の隙間から赤い火が見えた。周囲は騒然としていて、いち早く駆けつけた近所の者たちが火を消す段取りで大声を交わしている。

天水桶（てんすいおけ）に走る者たちに交じった六左は、水を頭から被り、裏路地へ走る。

「頭！」

新九郎が叫び、弥太七が危ないからだめですと言って止めようとしたが、六左は、一人でも生きている者がいれば助けたいと思い、無我夢中で裏木戸から入った。

裏手は、火はまだ屋根には達しておらず、雨戸の隙間から白い煙が流れているだけだ。

懐に隠している刃物を取り出した六左は、雨戸をこじ開け、中に駆け込む。

「誰かいるか！」

返事はない。

弦才が皆殺しにして火をかけたに違いないと思った六左は、凄惨な場を想像しつつも、一縷の望みを捨てずに奥へと入る。すると、血の臭いがした。

外に悲鳴が届かぬはずはない。

だが、配下の誰もが、火が出てから気付いた。

寝ているところを襲われたのか、ほとんどの者が腹や首を斬られ、布団の中で死んでいる。女たちの部屋では、廊下に向かって這うようにして息絶えている者もいた。

恐怖のあまり、声も出せなかったに違いない。

そう思った六左は、哀れな者たちに手を合わせた。

表側の火の回りが早いのでそちらに向かうと、店は炎に包まれていた。

皆殺しにされていると思った六左は、あきらめて出ようとしたところへ、水桶を持った新九郎たちが入ってきて、火を消しにかかった。

表の戸が破られ、町の者たちが消火にかかる。

奥へ向かった六左は、障子が開けられたままの部屋をのぞいた。そこは寝間だった。裏手から逃げようとしたのか、男がうつ伏せに倒れていた。

首の血筋に手を当てると、脈が拾えたので仰向けにさせる。すると、下には若い女が倒れていた。

男が定治と分かった六左は、頰をたたいた。

「おい、しっかりしろ！」

定治は呻き、薄目を開けた。

「やったのは高瀬弦才だな」

定治が弱々しくうなずく。

「やらせたのは鬼雅だ。仇を取ってやるから、居場所を教えろ」

定治は首を横に振り、息も絶え絶えに訴えた。

「お、鬼雅など、し、知りません。奴に、やらせたのは……」

「誰だ。どこの誰だ！」

耳を近づけると、

「伊勢町の、織内屋、左京」

定治は消えるような声で伝え、がっくりと首を垂れた。

「頭、女は息があります」

辰介が言うので、六左は廊下にいる新九郎と弥太七に顔を向ける。

「雨戸を持って来い」

新九郎が応じて雨戸を外し、横に置いた。

定治の骸(むくろ)を畳に寝かせてやった六左は、女の鼻に手のひらを近づけた。

確かに、弱いが息をしている。

定治が守ろうとした女を助けるため、六左は血がにじんでいる腹を辰介に押さえさせ、致命傷がないか確かめた。

「頭に傷はない。横にさせるが手を離すな」

そう言って女を横向きにして背中を確かめると、血は出ておらず、傷は腹のみのようだ。

血が流れるので辰介が布を当てて押さえ、不安そうな顔をする。

「助かりますか」

「分からない。火が迫るのでとにかく外へ出そう。辰介、町の者に蘭方医を知っているか聞いてくれ」

六左は傷口を押さえるのを替わり、辰介を走らせた。

新九郎と弥太七が女を戸板に寝かせて運び出すあいだも傷を押さえ続けた六左は、火事場から離れたところで辰介を待った。

程なくして駆けつけた辰介が、悔しそうに言う。

「だめです。蘭方医は今、長崎に行っているらしく、思い当たる医者は他にいないそうです」

「探す手間が惜しい。一か八か、玄沢先生のところまで運ぶぞ」

六左の決断に、辰介がすぐさま動く。

「誰か！　怪我人を運ぶから荷車を貸してくれ」

火の手は、発見が早かったおかげで消し止められようとしていた。

逃げるために荷車を店の前に横付けしていた商家の者が、これを使ってくれと言って渡してくれたのを受け取った辰介が、急いで戻ってきた。

戸板のまま荷車に載せた六左は、共に乗って女の傷口を押さえ、行くよう指図する。

配下たちが周囲を守りつつ、怪我人を乗せた荷車は半蔵門前から番町に向けて夜の町を走り抜け、半刻（約一時間）もかからず、神田三河町四丁目にある玄沢の家に到着した。

辰介の大声に応じて出てきた玄沢は、蘭方の知識もあるため、腹を斬られた女を赤坂から運んで来たと聞き、険しい顔をした。

中に運び込み、傷を診た玄沢の顔が、より険しくなった。

「血を失い過ぎている。生きられるかは、五分と五分だ」

「鬼雅のことを知る者かもしれませぬので、なんとか頼みます」

玄沢に託した六左は、念のため配下を警固に残し、竹内に知らせるべく下屋敷へ向かった。

四

藪屋の一件を聞いた竹内は、町方を頼っていては逃げられると言い、直ちに動いた。

共にいた高里歳正は、弟歳三と共に身なりを整え、出役する竹内に従って畿内屋に向かった。

柴山昌哉を含める葉月家の家来は総勢三十二人。皆、襷(たすき)をかけ、鎖帷子(くさりかたびら)を着込んだ装束で船と陸の二手に分かれ、畿内屋を目指した。

早船に乗った歳正は、江戸橋の袂で岸に上がり、陸路を来た竹内らと合流した。

何ごとかと見守る町の者たちの前を駆け抜けた竹内は、自身番から出ていた役人に畿内屋へ案内させた。

畿内屋は表の戸を閉めている。

竹内が役人に訊くと、昨日までは商売をしていたと言うので、焦りが増した。

「囲め！」

差配に応じた歳正は、歳三を連れて裏手に回り、木戸を破って中に突入した。

先陣を切った歳正は刀を抜き、狭い裏庭を進んで濡れ縁に上がり、外障子を開けて中に入った。

座敷の奥へ進んで襖を開けると、表から入った葉月家の家来が襖を開けてきた。

「誰もいないぞ」

家来が言うとおり、畿内屋はすでに、もぬけの殻だった。

表から外へ出ると、隣の商家の者と話をしていた竹内が、歳正に言う。

「人相からして、畿内屋のあるじは鬼雅だ」

「おのれ！」

歳正は声をあげて板戸を蹴り、ずる賢い鬼雅への怒りをぶつけた。

「またもや、鬼雅が遠のいた。この広い江戸で奴を捜し出すのは、無理だ」

「兄上、自棄になっては敵の思う壺です」

励ましたのは、歳三だ。

「今日は逃げられましたが、隠れ家を見つけたではありませんか。あきらめなければ、必ず見つけられます」

歳正は、すぐに冷静を取り戻し、竹内に頭を下げた。

「申しわけございません。つい、かっとなり……」

「歳三が申すとおりだ。六左が助けた娘もいる。望みはまだあるぞ」

「引き続き、探索をします」

歳正は頭を下げ、近所への聞き込みをはじめた。

竹内に許しを得た歳三も手伝い、二人で周囲の探索をしたのだが、分かったのは、鬼雅が畿内屋左京を名乗り、海産物問屋のあるじとして世間を騙していたことだ。

町の誰に訊いても、悪く言う者はいなかった。

町の者を騙し、裏でほくそ笑んでいたに違いない鬼雅の、人を馬鹿にした笑顔を思い浮かべた歳正は、必ず首をはねると意気込み、雨が降りはじめた江戸の町を駆けずり回った。

　だが二日後、歳三と手分けをして日本橋界隈の聞き込みをしていた歳正をあざ笑うような噂が耳に入った。

「鬼雅は江戸から逃げて、北へ向かったらしいな」

「ほんとかい。それはそれで、良かったじゃねぇか」

　焦る歳正は、噂話をしながら歩いていた職人風の男たちを呼び止め、駆け寄った。

「今の話、誰から聞いた」

　突然のことに、二人は驚いた顔をしている。

　髭面の男が、汗臭い歳正に怪訝そうな顔をして言う。

「なんだいお侍、鬼雅に恨みでもあるのかい」

「答えている暇はない。教えろ」

　迫る歳正に、血の気の多そうな男たちは気色ばんだ。

「人に物を訊ねるのに偉そうな口ききやがって」

「おうよ。浪人のくせに」

　江戸に暮らす職人は気性が荒い。

　近頃ようやく慣れていた歳正は、ぐっと堪えて、下手に出た。

「悪かった。奴を捕まえるためについ焦っていたのだ。許してくれ」

「分かりゃいいってことよ」

髭面はすぐ機嫌を直し、相方が言う。

「噂を聞いたのはあっしですぜ。名は知らないが顔は覚えていますんで、今から行きやしょう。なあに、すぐそこです」

来た道を引き返す二人について江戸橋のほうへ歩み、途中で堀端を右に曲がった。

案内されたのは、細い路地で商売をしている小料理屋だった。

中に入ると、店は狭いが奥に長く、皆立ったままで、忙しそうに飯を食べている。

職人や、魚河岸で働く者たちがほとんどだが、

「いた、野郎だ」

髭面の男が教えてくれたのは、一人だけ場違いな着流し姿の、遊び人風の若い男だ。

饒舌(じょうぜつ)な若い男は、飯をかき込む両隣の男を交互に見ながら、鬼雅が江戸から逃げたことをしゃべっている。

忙しそうな男たちは、へえ、ほう、と生返事をして、飯を食べている。

見かねた店の亭主が男の前に行き、食べかけのどんぶりを引き取り、

「おい千次(せんじ)、お客の迷惑だ。飯も喰わずにくだらねぇ川賊の話なんざしてるんなら

けぇりな」

面倒そうに言うが、千次と呼ばれた男は負けていない。

「何を言ってやがる。江戸を騒がせた鬼雅が逃げたんだぜ。こんなに嬉しいことはねぇじゃねぇか。なあ、みんな」

「まあ、そうだな」

「確かにおめぇの言うとおりだ」

「それで、鬼雅はどこへ逃げたんだ」

興味をもっていた者が訊くと、千次は亭主に得意げな顔をして手を振って下がらせ、鬼雅が北国へ逃げたことを話した。

案内してくれた職人に酒手を渡して帰した歳正は、店の片すみに立ち、千次の声に耳をかたむけた。

だが、千次が言うことは、鬼雅が北へ逃げた、これで江戸の川は安心だ、などと言って、誰かに吹き込まれたことを繰り返しているように思えた。

違和感を覚えたのは、新しい客が入った時だ。

認めた千次は、その者のところへ行き、初めから同じことをしゃべりはじめるではないか。

偽情報を流す者を見つけたと確信した歳正は、怪しまれぬよう注文し、しょっぱい煮物と味噌汁で飯を食べて腹を満たした。

歳正のことを日雇いの浪人としか思っていないのだろう。千次は見もせず、ひとしきりしゃべると店を出た。

銭を置いて跡を追う歳正。

気付かない千次は、小走りで町中を進み、柳が並ぶ堀端に行くと、町家の格子戸を開けて入った。表の戸口を掃除していた年増の女が笑顔で迎え、千次の手を引いて家の中に誘い、戸を閉めた。

女の家と見た歳正は、迷わず格子戸を開けて足を踏み入れた。

家の戸を開けて土足で上がると、居間で千次に抱きついていた女が目を見開き、声をあげた。

「誰だいあんた!」

振り向いた千次の顔に、抜刀して切っ先を突き付ける。

「ひっ」

怯えて下がる千次に迫り、飯屋で言っていたことを問う。

「誰に頼まれて噂を流した」

「しし、知るもんか」

歳正が睨み、刀を振り上げると、千次は頭を抱え込む。

「ほんとうですってば。名も知らない男に金で雇われただけで、言われたことをしゃべっただけです」

どうしようもない馬鹿男だと分かり、歳正は内心がっかりしたが、気を取り直してさらに訊く。

「どこで頼まれた」

「賭場です。噂を広めるだけで一両やると言われて、つい」

「その男の顔を覚えているか」

「はい」

「ならば、その賭場へ案内しろ」

「ええ……」

「ただでとは言わぬ」

小判三両を目の前に投げると、千次はいやしく拾い集めて懐に入れ、作り笑顔を向けた。

「おやすいご用で」

その顎先に刀を突きつける。

「妙な真似をすると、この身が果てようともお前だけは斬る。よいな」

「しませんとも。あの賭場にはいかさまをされて恨みがありますし、仕事を頼んだ男も、近頃よく顔を見るだけのことですから」

よく顔を出すと言われて、歳正は期待を膨らませ、千次を促して賭場へ向かった。

女の家から大川へ向かって少し歩いたところの武家地にある、名も知らぬ大名の下屋敷の中間部屋で開かれている賭場は、中間とやくざ者が仕切っているらしく、門を守る中間は千次を見るや、親しげな笑みを向けてきた。

だが、浪人姿の歳正には、厳しい目を向ける。

「千次、こちらさんは」

すると千次が紹介した。

「行きつけの店で知り合ったのさ。博打でひと儲けしたいってんで案内をしたんだが、いけなかったかい」

「いけねぇもんか。ささ、お侍、勝負は時の運。儲かるかどうかは別として、気楽に遊んで行ってください」

脇門を開けて促され、歳正は、生まれて初めて博打場に入った。

中は酒とたばこの臭いと、賭け事をする者の熱気がこもり、座っていても汗が出る。

片肌を脱いだ者たちが、目の色を変えて博打に興じているが、千次が袖を引き、

「いません」

小声で教えた。

待てば来るかと思い、少ない銭で賭けたが、初心者の強運というやつか、はたまた、初めはいい思いをさせておいて後々搾り取ろうとする元締めの思惑か、一両が三両になった。

「旦那、頃合いですぜ」

千次に言われるまま駒札を下げた歳正は、白い目を向けるやくざに明日も来ると言い、賭場を出た。

付き添う千次に一両を渡すと、

「いいんですかい」

目を見開いて驚いた。

「手間賃だ。明日も頼めるか」

「もちろんでございますよ。実のところを言いますと、あっしは例の噂を流すまで、

鬼雅が川賊だと知らなかったので」

「適当なことを言うているのではあるまいな」

疑う歳正に、千次はすり寄った。

「ほんとうですよ。あっしのような者は荷船に縁もねぇですし、興味があるのは博打と女だけで、噂を流した荷船の船頭から詳しいことを聞き、とんでもねぇ悪党だと知ったわけです」

「何が言いたいのだ」

「ですから、鬼雅を追われる旦那のお手伝いをしたいと思いまして。女を攫って売り飛ばすなんざ、人がすることじゃねぇ。明日と言わず、鬼雅を退治するまで手伝わせてください」

「えっ」

「抱き合っていた女に、たまにはいいところを見せたいのか」

驚く千次に、歳正は笑った。

「図星のようだな」

「あは、あは。たまに、というのは酷いですぜ、旦那」

「これは、お楽しみの邪魔をした詫びだ。博打の金ですまぬが、二人で旨い物でも食べてくれ」

もう一両渡すと、千次は大喜びして受け取った。

素直な千次に気持ちが和み、久々に笑いながら夜道を歩いていた歳正は、暗がりに潜み、じっと見ている者に気付かなかった。

この時、歳正と千次を見ていたのは、鬼雅の手下の吉五郎(きちごろう)だ。

使えそうな者を探して賭場に通っていた吉五郎は、負けて悔しがる千次に目をつけ、噂を流すよう持ちかけていた。

「野郎、騙しやがったな」

千次を歳正の配下と勘違いして恨んだ吉五郎は、頭への土産にするべく、歳正の跡をつけた。

そして、両国橋(りょうごくばし)で大川を渡り、葉月家の下屋敷に入るのを見届けると、鬼雅に知らせるため、隠れ家に走った。

五

行灯(あんどん)の火皿に羽を焼かれた虫が落ちるのを眺めていた鬼雅は、鋭い眼差しを座敷の入口に向けた。

「吉五郎、てめぇ、逆につけられちゃいねぇだろうな」

「へい、それは用心しましたんで、大丈夫です」

「てめぇが雇った千次とかいう野郎は、始末をつけておけ」

「今から行きやす」

立ち上がる吉五郎であったが、鬼雅が止めた。

「いや、待て。そいつを利用しねぇ手はねえ。歳正の野郎を生かしておいては銀を奪う邪魔になる。今から言うことを坂根仁左（さかねじんざ）に伝えて、二人で歳正を殺せ」

手招きされた吉五郎がそばに行くと、鬼雅は小声で策を伝えた。

「分かったか」

「へい」

「ぬかるんじゃねぇぞ」

「坂根さんがいるなら、間違いはねぇですよ。明日にでも始末をつけます」

吉五郎は頭を下げ、鬼雅の前から立ち去った。

刺客が向けられたことを知る由もない歳正は、翌晩も千次を連れて賭場に足を向けていた。

反対するであろう歳三には、賭場に行くことを告げずに、手分けをして探索をしようと持ちかけ、途中で別れていた。

賭場に入った歳正は、空いているところに座り、駒札を手元に置いた。

賭けごとに興じている客の顔を見まわし、背後にいる千次に耳をかたむけると、

「来ていません」

小声で教えられた。

今日も無駄足だったかと思いつつ、白い布を張られた盆台（ぼんだい）に駒札を置く。

「丁（ちょう）」

待っていた盆中（ぼんなか）の男が、客たちに言う。

「丁半（ちょうはん）揃いました。勝負」

片膝を立てていた壺振りの女が、ゆっくりと壺をどかせた。

二つのサイコロは、二と六が並んでいる。

「二六（にろく）の丁！」

盆中が言うや、歓喜とため息が入り混じった客たちの声で騒がしくなった。

「やりましたね、旦那。今夜もついてらっしゃる」

駄賃を期待した千次に乗せられて、次も賭けようとした時、腰を手でつつかれた。これは、来る時に二人で決めていた合図で、吉五郎が現れたという意味を含んでいる。

それとなく顔を向けると、人相の悪い男が壺振り女の足に目を向け、下心がありそうな笑みを浮かべて女の正面に割って入った。

場を空ける客の流れで横にずれた歳正は、斜め左に吉五郎を見つつ、次の賭けに興じた。

半刻ほど遊んだところで、歳正は五両ほど勝っていた。

吉五郎はつきがないらしく、

「今夜はだめだ」

いらついた声をあげて立ち上がると、帳場へ行った。

目で追っていた歳正は、吉五郎が帰る様子を見て千次に言う。

「代われ」

「え、いいんですかい」

「手間賃だ。すべてお前にやる」

そう言うと立ち上がり、吉五郎を追って出た。

吉五郎は武家地を抜けて、堀端の道を北へ向かっている。

橋を渡り、浜町のほうへ歩いて行く後ろ姿は、まったく警戒心がない。

人気のない夜の町を歩く吉五郎は、高砂橋の手前で立ち止まり、柳の木の下で堀川に向かって立小便をはじめた。

歳正は商家の軒先に潜み、その様子を見ていた。

吉五郎は呑気に鼻歌を口ずさみ、長小便をしている。

息を潜めていた歳正は、吉五郎が歩きはじめたので跡を追い、商家の横の路地を横切ったその時、路地の暗がりから出てきた者に背中を刺された。

「うっ」

激痛に目を見張り、呻き声をあげた歳正は、刃物をつかもうと手を回したが、一度抜かれ、ふたたび刺された。

強く押され、商家の壁に押し当てられた歳正は、

「おのれ！」

悔しさと怒りに叫んで振り向いた。

無言の坂根仁左は、薄笑いを浮かべて駆け寄る吉五郎に脇差を渡し、大刀に手を

かけて抜いた。

とどめを刺さんと振り上げたが、歳正は必死に抜刀し、一撃を受け止めた。

「うおおお！」

渾身(こんしん)の力を込めて押し返し、血に染まった歯を食いしばって立ち続けた。

「しぶとい野郎だ」

吉五郎が脇差を向けて横から突っ込んできた。

歳正は切っ先をかわし、片手斬りに刀を振るった。

「ぎゃあああ」

背中を斬られた吉五郎が、のけ反って下がり、そのまま堀端から消えた。暗くて見えない堀から、水に落ちた音がする。

荒い息をする歳正は、迫る坂根仁左の一撃を受け流したものの、足の力が抜けて仰向けに倒れた。

足下から迫った坂根が、刀の切っ先を胸に向けてとどめを刺そうとした時、

「人殺しだ！」

騒ぎを聞いて出てきた商家の者が叫んだ。

気を取られて顔を向けた坂根。その刹那、呻き声をあげて目を見開いた。歳正に、

腹を貫かれたのだ。

　刀を落とした坂根は、下から突き上げられた歳正の刀を素手でにぎった。

　歳正が手を離すと、坂根は苦しみながらよろよろと下がり、両膝をついて横向きに倒れた。

　目を開けたまま絶命した坂根を見た歳正は、走り寄る町の者に顔を向ける。

「す、すまぬが、伝言を頼む」

　葉月家の下屋敷に知らせてくれと頼んだ時、

「なんの騒ぎか！」

　聞き覚えのある声がした。

　集まっている町の者をどかせて来た男を見て、歳正は安堵の顔をした。

「伝言はよい」

「兄上！」

　悲痛な声をあげて駆け寄る歳三に、歳正は微笑む。

「歳三、しくじった」

「誰にやられたのですか」

「そこに倒れている者だ。鬼雅の罠と気付かず、偽情報を流させた者を追っていたのだ。許せ」

「旦那！　旦那じゃねぇですかい！」

駆け寄ったのは千次だ。

「おお、千次、勝ったか」

「そんなことより、どうしちまったんです」

「どうやら、探っていたことがばれていたようだ。お前、勝ったのか」

「このとおりで」

懐から小判を出して見せる千次に、歳正は微笑んだ。

「それを持って逃げろ。鬼雅の手が届かぬ遠国へ行け。早く」

押して離すと、千次は泣きながら走り去った。

「歳三」

「兄上、もうしゃべってはいけませぬ。医者にお連れしますから」

歳正は弟の袖をつかみ、

「仇を討とうなどと思うな。お前は、長生きを……」

息も絶え絶えになりながら言っていたが、最後まで伝えることなく、首を垂れてしまった。

「兄上、兄上！」

しがみついた歳三は、二度と目を開けぬ兄の胸に顔をうずめて嗚咽した。

戻った柴山昌哉により歳正の死を知った竹内は、苦悶の表情をした。

「して、歳三は今どうしている」

「兄の骸と共に自身番にいます」

「町方が出張って来たのか」

「はい」

「歳正殿は、鬼雅のことを何か言ったか」

「騙されたと……」

悔しそうな顔をしている柴山は、歳三と行動を共にしており、歳正の最期を見ていた。

竹内は柴山を下がらせ、廊下から部屋に入ると、正座して考えた。

しばらくして、

「六左をこれへ」

告げるや、控えていた家来が呼びに去り、程なくして、六左が廊下に現れた。

竹内は中に入るよう手招きし、神妙に訊く。

「歳正殿のことは」

「聞いております」

「兄を喪(うしな)った歳三に、あるじが言葉をかけぬわけにはいかぬ」

六左は驚いたが、反論はしない。

「知らせに戻ります」

「待て、身体の具合が悪いようなら、伝えずともよい」

六左は頭を下げ、葉月家の本宅へ急いだ。

六

「おい、虎丸、いつまで寝ようるんね。鯛(たい)が焼けたけ、そろそろ起きんさい」

尾道の亀婆に言われて、虎丸は目を開けた。

外障子が白む部屋の様子に、

「夢か」

葉月家の寝所にいる現実に引き戻された虎丸は、半身を起こし、顔を手で覆った。

昨夜(ゆうべ)は薬湯に浸(つ)かり気分がよかったはずなのに、今朝は身体がだるい。

自分の身体はどうしたのだろうと思っていると、中廊下に足音がして、襖が少しだけ開けられた。

様子をうかがう五郎兵衛と目が合うと、五郎兵衛は驚いた顔をする。

「起きておられましたか」

「うん」

襖を開けて入ってきた五郎兵衛が、次の間に正座して訊く。

「今朝のご気分はいかがです」

悪いと言いたくはない。

「良くも悪くもない」

「お悪いのですな。では、もう少しお休みください」

立ち去ろうとするので、虎丸は笑った。

「五郎兵衛、何か言いに来たのではないのか」

「いえ、様子を見にまいっただけにございます」

「隠すなよ。その顔は、火急の用があるから来たのであろう」

顔を手でさすった五郎兵衛は、意を決したらしく、虎丸に近づいて正座し、深刻な面持ちをした。

「先ほど六左が戻りました。昨夜、高里歳正殿が鬼雅の手の者に斬り殺されたそうにございます」

「なんじゃと！」

虎丸は思わず立ち上がった。

「一人で隠れ家に斬り込んだんか」

「いいえ、探索をしておられたそうですが、どうやら鬼雅に勘付かれ、刺客を向けられたようです。今わの際に、鬼雅の罠にはめられたと、言い残されたそうです」

歳正の無念を想い、虎丸は胸が痛んだ。

がっくりと布団に座り込む虎丸に、五郎兵衛が言う。

「御家老が、葉月家のあるじとして、歳三にお声がけをするようにとのことです」

「蚊帳の外に置いといて、こういう時だけあるじ面をせぇゆんか」

つい恨み言をぶつけた虎丸は、困った顔をする五郎兵衛に申しわけないと思ったのだが、詫びることができなかった。

五郎兵衛が両手をつき、申しわけなさそうな顔をする。

「ごもっともでございます。御家老には、ご気分が優れぬとお伝えします」

「行かんとはゆうとらん」

虎丸は立ち上がり、支度をしに納戸へ向かった。戸を開けると伝八が待っていたので、虎丸は驚き、すぐに微笑む。

「なんか、こころを読まれとるようで癪に障るのう」

伝八も微笑み、支度にかかった。

葉月定光として身なりを整えた虎丸は、五郎兵衛らを従えて表玄関に出た。

六左と駕籠かきの二人が頭を下げるのに応じて、式台から乗り込む。

戸を閉められたところで、虎丸は辛そうに天を仰ぎ、静かに息を吐いた。

駕籠に揺られて気分が悪くなったが、必死に耐え、なんとか下屋敷まで持ちこたえた。

式台で待っていた竹内は、虎丸の顔をじっと見ていたが何も言わず、奥へ促す。

書院の間に入ると、待っていた歳三が両手をついて平身低頭した。

離れた上座ではなく、膝を突き合わせて座った虎丸は、歳三の手を取った。

「許せ歳三。兄を死なせたのは、わたしの不徳のいたすところだ」

顔を見られるのをどこかで恐れていた虎丸は、何もできなかったのではなく、しなかったのだと己を責め、悔いていた。

「許せ、歳三」

ふたたび詫びると、歳三は、手を強くにぎってきた。

「何をおっしゃいますか。若殿は、何も悪くございませぬ」

「いや。わたしの力不足が招いたことだ。すまぬ」

「どうか、お顔をお上げください」

虎丸が頭を上げると、歳三は驚いた。

「お顔色が悪うございます。お具合が優れぬのではございませぬか」

「わたしのことはよい。このような時に、寝てなどおれぬ。今日からここで、皆と鬼雅を追う。共に、兄の無念を晴らそう」

「若殿……」

目に涙を浮かべる歳三であったが、竹内が許さなかった。

「ご無理をされてお具合が悪くなられては、御家の一大事。ここは我らにおまかせください」

虎丸は不服そうな顔を向けた。

「このような時に、寝所に籠もってなどおれぬ」

「なりませぬ。立っているのがやっとの御身で無理をされては、生きられるものも生きられませぬ」

（わしは大丈夫じゃようろうが）

と、思わず芸州弁が出そうになるのをぐっとこらえる虎丸の前で、竹内が土下座をした。

「どうか、御家のため、御身第一にお考えください」

土下座までする竹内に驚いていると、歳三もそれにならった。

「御家老のおっしゃるとおりです。若殿、必ずや鬼雅一味を捕まえて兄の無念を晴らしますゆえ、どうか、お身体を大事になさってください」

涙ながらに訴えられて、虎丸は引き下がるしかなかった。

「あい分かった」

五郎兵衛と伝八がそばに来て、虎丸を促す。

立ち上がった虎丸は、歳三に言う。

「決して、死んではならぬぞ」

「はは！」

頭を下げる歳三から眼差しを転じた虎丸は、竹内と目を合わせ、何も言わずに部屋から出た。

　下屋敷から駕籠に乗って出たものの、歳三の悲しそうな顔と、鬼雅を捕まえるための合力を願う歳正の顔が頭から離れない。

　寝所に戻った虎丸は、何もできぬことを苦しんだ。

　そばに付き添って様子を見ていた五郎兵衛が、見かねたように口を開いた。

「若殿、自分を責めてはなりませぬ」

「こうしているあいだも、鬼雅は次の悪事をくわだてているに違いないんじゃ。竹内も疲れたような顔をしとったし、こがな（こんな）ところで寝とれん」

「ご安心を。御家老は、おなごが目をさますのを待っておられるのです」

「ご用人……」

　伝八が五郎兵衛を止めたので、虎丸が訊く。

「おなごとは誰のことや」

　五郎兵衛は伝八を制し、虎丸に、藪屋の一件を教えた。

　虎丸が訊く。

「その時に六左が助けたおなごが、鬼雅の隠れ家を知っとるゆんか」

「御家老は、そこに期待しておられるのです」

甘い考えのように思えた虎丸は、沸き起こった気持ちをおくびにも出さなかった。

「そういうことは、早う教えてくれ。おかげで気分が楽になった。横になりたいので下がってくれ」

そう言って笑い、布団に入った。

五郎兵衛と伝八は、安心した様子で立ち上がり、寝所から出て襖を閉めた。


その夜、伝八が様子を見に来るのを待っていた虎丸は、襖が閉められ、気配が去ると起き上がった。こっそり納戸に入って外着に着替え、刀と頭巾を抱えて寝所から抜け出した。

夜明け前の薄暗い町の道を歩む虎丸は、時々襲われるめまいで壁にもたれかかり、そこが名も知らぬ神社と知って手を合わせた。

「力を貸してください」

鳥居の下で神頼みをして、小太郎の武蔵屋へ急いだ。

第四話　怪しい香り

一

武蔵屋の表の戸をたたくと、程なくして足音が近づき、中から声がした。

「誰だい」

「わしじゃ」

「わしじゃ分かりやせんが」

「芸州虎丸よ」

「お待ちを」

潜り戸を開けて頭を出した秀(ひで)が、月明かりに眠そうな顔を上げた。向けられた目には、驚きの色を含んでいる。

「起こしてすまん」

「それはいいですが、こんな夜中にどうなすったので？」

「小太郎に急ぎの用があって来た。起こしてくれるか」

目をこすった秀が、中に入れてくれた。

秀は戸を閉めて閂を通し、手燭の明かりで足下を照らす。

「どうぞ、奥へ」

「ここでええ。急いどるけ頼む」

「へい。今起こしてまいりやすんで」

秀は手燭を持って座敷へ上がり、奥へ入った。

真っ暗な店で待っていると、手燭の明かりが戻り、浴衣姿の小太郎が出てきた。

「虎丸様、いったい何があったのですか」

心配そうな顔の小太郎に、虎丸が歩み寄る。

「すまん。屋敷を抜けて来たが、頼れる者は頭だけなんじゃ。ここにおったら家のもんが来て連れ戻されるけ、今すぐ、どこかに隠してくれ。このとおり」

拝むと、小太郎はすぐに動いてくれた。

「秀、着替えだ」

「へい」

秀が奥へ下がるのを尻目に、小太郎が訊く。

「いったい、何があったので？」

「鬼雅いう川賊が暴れようるのを知っとる？」

「もちろんです」

「わしも探索をしたいところじゃったんじゃが、今日まで出られんかった」

「どうりで。川賊が好き放題しているってのにお姿を見ないので、やきもきしていたところです」

「我慢できんけ、抜けて来た。家の者は、わしが頭しか頼れんことを知っとるけ、おらんことを知ったら来ると思う」

「お任せを」

そうしている内に、秀が着替えを持って来た。

騒ぎを聞いた妹のおみつも浴衣のまま出てきたので、虎丸は頭を下げる。

「すまん、起こしてしもうたの」

おみつは首を横に振り、心配そうに訊く。

「鬼雅が出たのですか？」

「いや。奴を捜すために来た。すまんが、小太郎を借りる」

うなずいたおみつが、着替えをすませた小太郎に顔を向けた。

「兄さん、しっかりね」

「おう。虎丸様が来てくださったから、鬼雅は終わったも同然だ。ちょいと出てくる。店を頼むぞ」

「任せておいて」

小太郎に促された虎丸は、裏から出ると、秀が漕ぐ猪牙舟で岸を離れた。

明かりも灯さず、月明かりを頼りに静かに進む猪牙舟は、江戸橋のところを左に曲がり、堀川を大川に向かって進んだ。

夜の川を移動して連れて行かれたのは、神田川の河口にある蛍という船宿だった。

小太郎が、武蔵屋の別宅のようなものだという蛍には、四十代の恰幅がいい、お久という女将がいて、朝が早い船乗りたちを相手に商売をしているため、すでに仕事をはじめていた。

宿の外へ出ていたお久は、気性が荒い船乗りたちを相手に馬鹿を言って笑っていたのだが、小太郎の舟を見つけるなり船着き場に下りてきた。

芸州虎丸の名を知っていたお久は、小太郎が紹介するなりぱっと明るい顔をして、

「そういうことなら、あたしに任せておくれ」

胸をたたいて引き受けてくれた。

宿に泊まっている船乗りたちに顔を見られないよう計らってくれたお久は、二階の六畳間に案内してくれた。

「狭いけど、好きに使ってくださいな」

気にかけない様子で仕事に戻ろうとしたお久に、虎丸は礼を言う。

「すまんが世話になる」

「いいってことです」

人の好さそうな笑顔に、虎丸は安心した。

「女将、後でな」

小太郎が言うと、お久は心得た面持ちでうなずき、仕事に戻った。

部屋に落ち着いたところで、虎丸は小太郎と秀に、鬼雅のことを訊いた。

腕組みをして難しい顔をした小太郎が言うには、鬼雅は確かに暴れていたが、ここ数日は、襲われたという声をぱったり聞かなくなったという。

すると秀が、

「江戸には芸州虎丸様がいらっしゃることを知って、尻尾を巻いて逃げたんじゃないですか」

着物の袖を肩までまくり上げ、勝ち誇ったように言う。

秀は、きっとそうですよ、と言って目を合わせようとしたのだが、虎丸は視線を下げた。

「そうゆうてくれるのは嬉しいが、鬼雅は今も江戸のどこかに隠れて、大仕事をたくらんどる」

秀が驚いた。

「そいつは、ほんとうですか」

小太郎が続いて訊く。

「いったい、何をやらかそうとしているのです」

「それを知っとると思われる、おさえというおなごがおるんじゃが、鬼雅の手下に斬られたところを葉月家の者に助けられて、医者の家で養生しとるらしい」

「葉月家の……」

小太郎が疑う目を向けた。

「やっぱり虎丸様、葉月家とご縁がおありなので？」

葉月家の早船を造った升介を紹介したのは小太郎だ。疑うのは無理もない。

「違う。知り合いから聞いたことよ」

そう誤魔化す虎丸を見ていた小太郎が、

「そういうことですか」

すぐに納得した。

嘘を信じさせて申しわけないと思った虎丸が、口には出さず胸の中で手を合わせていると、小太郎が言う。

「葉月家に助けられたおなごを、どうされるおつもりです」

「怪我で気を失ったままじゃいうて聞いたけ、今どうなっとるか知りたいんじゃが、医者はわしのことを知っとるけぇ、行かれんのよ」

「そういうことなら、手前にお任せを」

すぐに請け負ってくれる小太郎に、虎丸は気持ちを口に出した。

「すまん」

「水臭いことはなしです。医者の名と家を教えてください」

「家は行ったことはないが、神田三河町四丁目にある。名は玄沢、真面目そうな顔をしとる人よ」

「真面目そうな顔をした玄沢先生ですね。分かりやした。夜が明けてきましたんで、今から行ってみます。おい秀、帰るぞ」

「へい」

二人は虎丸に頭を下げ、階下に下りていった。

程なくして、お久が朝餉を持ってきてくれた。

「うちのお客に出すものですから、お武家様のお口に合うかどうか分かりませんけどよろしければどうぞ」

置かれた膳には、旨そうな物が並んでいる。

「ええんか」

「はい」

あまり食欲はなかったが、断るのも悪いと思い、箸を取った。

鰺の開きは尾道で食べて以来だったので、懐かしく思いながら箸を伸ばす。身が柔らかい。

「焼きたてか」

頭巾の端をつまんで前に広げ、下から箸を入れてひと口食べた。新鮮な味に、つい顔がほころぶ。

ふと気付けば、お久が呆れ顔で見ていた。

「ええ？」

「頭巾を着けられたまま、ご器用に食べられますね」

「裾幅が広いけ、案外食べられるものよ」

「小太郎さんも、お顔を見たことがないと言っていましたけど、ほんとうですか」

「うん」

お久がわくわくしたような顔を近づける。

「いいですね。あたしこういうの、大好きなんですよう。顔を見せていただきたいとねだったり、こっそり見たりなんかしませんから、どうぞ、ごゆっくりなさってくださいね」

にこやかに言って、下の階に下りていった。

襖を閉めて背を向けた虎丸は、外障子を開けた。

待っていたかのように風が流れ込み、空気がひんやりとして気持ちいい。

夜明けの空は薄藍色で、濃い灰色の雲がのっぺりと浮かんでいる。鏡のように空を映す大川の対岸には、辻灯籠の明かりがあるのみで、家々は黒い影を並べていた。

船乗りたちの活気に誘われて見おろすと、船が大川に滑り出た。

見送る宿の者が、半年後にお待ちしています、と言っているところをみると、海船の船乗りたちが、江戸の町へ羽を伸ばしに来ていたのだろう。

温かいうちに飯を食べようと思い、虎丸は膳を窓際に運び、頭巾を取って外を眺めながら食べた。

久しぶりの熱い味噌汁は、塩気はきついが旨い。毒見をされて冷えていない、作りたての煮物や、香りがいい海苔でご飯を食べているうちに、食欲が増してきた。

もう一杯食べたいと思ったのだが、ここは遠慮をしておこうと思い箸を置き、膳を廊下に出すと、大の字になって息を吐く。

窓からふたたび川風が入ってくる。

「ああ、気持ちええ」

頭巾を引き寄せて被った虎丸は、少し眠ろうと思い、目を閉じた。

段梯子を上がってくる足音に気付いて目を開け、起きてあぐらをかいた。

「虎丸様、入ります」

小太郎が障子を開けたので、虎丸は驚いた。

「頭、早いのう」

「何をおっしゃいます。もう昼ですよ」

いつの間にかそんなに寝ていたことに、虎丸はまた驚いた。

「すまん、頼んでおきながら寝とった」

「いいってことです。それよりも、おさえさんはまだ、目をさましていませんでした」

「先生に怪しまれんかったか」

「ご心配なく。うちの若いもんで怪我をしているのがいますんで、そいつを連れて行って、こっそりと」

「おさえの部屋に忍び込んだん？」

「はい」

「危なっかしいことをするのう」

「そこはご安心を。今日はここまでですが、幸か不幸か、若いもんが傷を診てもらいに通うことになりましたんで、様子を見ておきます」

「すまんがよろしく頼む」

「いいってことです」

「ところで頭、店の様子をうかがう者はおらんか」

「御家の方ですね。ご安心を、今のところ、それらしい御武家の姿を見ません」

小太郎はそう言うが、五郎兵衛はきっと、こっそり来ているはずだ。

「町人に化けて来るかもしれんけぇ、わしのことを訊く者がおったら気をつけてくれ」

「承知しやした。仕事がありますので帰りますが、何か御用があれば遠慮なく女将に申し付けてください。すぐに来ますんで」

小太郎は頭を下げ、帰っていった。

人任せにしてその日も部屋に籠もっていた虎丸は、湯に浸かって汗を流したい気分になったのだが、町中の船宿に湯殿があるはずもなく、お久に頼んで井戸水で身体を拭いた。

諸肌を脱いでいても頭巾を取らない虎丸の様子を見て、宿で働く女たちがひそひそと何か言っている。

振り向くと、女たちは慌てて顔をそらし、勝手口から入っていった。

身体を拭き終えた虎丸は、昨日までのだるさが嘘のように身体が軽いことに気分もよくなり、夕餉が楽しみになってきた。

日が暮れる頃にお久が持ってきてくれた夕餉は、なすびの焼き物と、すずきの切り身を菜種油で焼いた物と、澄まし汁だった。

膳を置いた女将は、廊下まで下がって言う。

「決してお顔は見ませんので、どうか頭巾をお取りになってくださいませ。給仕をしとうございます」

枕屏風を引いてまで言うので、虎丸は膳の前に座り、頭巾を取った。

「旨そうじゃの」

手を合わせて箸を取り、すずきの身をほぐす。

生類憐みの令などという、理解に苦しむ法が布かれているが、江戸から遠く離れ、悪法への意識が乏しい地方から来る船乗りたちの中には、山鳥を食べたがる客もいるのだとお久が教えてくれた。

そんな客を満足させるために、せめて魚だけはとびきりの物を出すのだと言うだけあって、すずきの油焼は絶品だ。

「旨い。おかわりを頼む」

空になった飯茶碗を屏風から差し出すと、お久が引き取り、

「そうおっしゃっていただくのが一番の喜びです。たんとお食べくださいませ」

山盛りによそったのを返したので、虎丸は苦笑いをしつつも、たいらげた。

ご飯を二杯も食べたのは、いつぶりだろうか。

満腹の幸せに微笑みながら頭巾を着けると、お久が膳を下げに来て、笑顔で言う。

「目の周りしか見えませんけれど、昨日よりはずいぶんと、お顔色がよくなられた気がします」

虎丸が顔を伏せ気味にした。

「あまり見んでくれ。じゃけど、そう言ってもらえて嬉しい。川風に当たって、旨い飯を食べながらいい景色を見られたけぇじゃろう」

「それはようございました。虎丸様は、芸州のお生まれだから芸州を名乗っていらっしゃるのですか。お言葉も、芸州弁ですし」

「芸州弁が分かるんか」

「ええ、お客様の中には広島から来られる人もいますので」

言われて、養父村上信虎の渋い顔が浮かんだ。

「生まれ育った場所の言葉は、意識をせにゃ消せれんものじゃの。江戸の言葉をしゃべると、どうも、肩が凝る」

「ここではお気楽にしてくださいな。お疲れのご様子ですから、後で身体をほぐさせましょうね。上手な子がいるんですよ」

「いや、遠慮しとくよ」

「遠慮なんてなさらないでください。今呼んで来ますね」

そそくさと膳を下げたお久は、虎丸と同い年ほどの女を連れて戻ってきた。肉付きのいい身体をした女は、虎丸を見るや目を糸のように細め、指の関節を鳴らす。

ごくりと唾を飲んだ虎丸は、後ずさって断ったのだが、

「はい、うつ伏せになって」

強引にうつ伏せにさせられた。

背中から肩にかけて揉みはじめたその腕前は、お久が言うだけあってすこぶるよく、凝り固まっていた肉を溶かしていくように思え、力が抜けた。

「どうです虎丸様」

お久に訊かれて、虎丸はため息混じりに言う。

「凄い気持ちええ」

「でしょう。お祥ちゃんにほぐしてもらうと、楽になりますよ」

お祥は、虎丸の首をほぐしにかかった時、手を止めた。

「虎丸様、なんだかいい匂いがしますね」

「ええ?」

自分では気付かなかったので驚いていると、お久が笑った。

「ちょっとお祥ちゃん、男に飢えたようなこと言わないの」

「違いますってば女将さん、ほんとにいい匂いがするんですよう。頭巾に香りを染み込ませていらっしゃるんでしょう、虎丸様」

「いや、そのはずはないが」

するとお祥が背中に鼻息を当てたので、虎丸はぞくっとした。

匂いを嗅いだお祥が言う。

「まあいやらしい。虎丸様ったら、お身体に匂いを付けていらっしゃったのですね」

「ああ、それなら、薬湯の匂いよ。さっき背中を拭いたんじゃが、毎日のように入りょったけ染みついとるんじゃろう」

「へえ、薬湯ですか。いい香りですねぇ。女ごころをくすぐる、怪しい香り」

ふたたび鼻息を背中に当てられて、虎丸はくすぐったさに身をよじる。

その後もしばらく、お祥が汗を浮かせながら身体をほぐしてくれたことで、終わるころには気分が爽快となった。

一人になって横になると、窓から見える星空が美しい。有明行灯の火を消して見ると、小さな星も見え、空から降ってきそうだ。

大きく息を吸って吐き、何も考えずに星空を見ている内に、虎丸は自然と目を閉じ、朝までぐっすり眠ることができた。

二

三日が過ぎた。

鏡のようだった水面(みなも)を割くように、荷船が大川をくだってゆく。

外障子の敷居に腰かけ、手すりに上半身を預けて眺めていた虎丸は、川の景色と、雲ひとつない空に、気分が晴れ晴れとしていた。

目をさました時は、身体がだるくなっているのではないかと内心怖かったのだが、尾道にいた時のように軽かった。

早船に乗り、大川をくだって海に出たいという衝動に駆られたが、川をさかのぼる船手方の物と思(おぼ)しき船が目にとまり、竹内たちのことが頭に浮かんだ。

どうなっているのか気になった虎丸は、下屋敷に渡り、手伝わせてくれと言おうかとも考え、その気になって立ち上がった。

段梯子を駆け上がる音がしたので見ていると、小太郎が顔を出した。

「虎丸様、おさえさんが目をさましていましたぜ」

「ほうか！　いつのことや？」

「それが、おとといの朝だそうです。若いもんが今日知って、急いで帰ったのですが、どうします。今から一緒に行かれますか」

「ここが肝心なところよ。わしは先生に顔を見られとうないし、どうやって訊くかのう」

「そこのところは、手前が正面からぶつけますよ」

「どうするん」

「それは行きながら話します。とにかくまいりましょう」

急かされて、虎丸は刀を手にした。

船で神田川を移動し、昌平橋の川岸から上がって三河町へ向かった。

玄沢の家は、表通りから路地を入った静かなところにある一軒家で、板塀の先にある木戸門は開けられたままだった。

小太郎から手はずを聞いていた虎丸は、

「頼むで」

そう言って行かせようとしたのだが、家から六左が出てきたので目を見張り、小太郎の手を引いてその場から走り出した。

狭い路地を曲がったところで止まり、角から顔を覗かせて木戸門を見ていると、出てきた六左が表通りに向かって走り去った。

「虎丸様、今のは町人の身なりをしていましたが、まさか御家の方ですかい」

「ありゃあ葉月家のもんよ。知り合いに伝わりゃ、家に知らされるけぇ顔を見られるのはまずい思うて隠れた」

小太郎は、六左が去った路地を見た。

「葉月家の者が来ていたということは、鬼雅のことについて聞いたかもしれませんね」

「おさえに確かめてくれ。わしはここで待っとる」

「お任せを」

小太郎は、木戸門から入った。

「ごめんよう。先生、武蔵屋ですが、いなさるかい」

「勝手に上がってくれ」

玄沢の声に応じて草履を脱いだ小太郎は、廊下を奥へ進んだ。

表の庭に面した部屋にいた玄沢は、具合が悪そうな顔をした中年男を診ている。

小太郎は、若いもんの礼を言い、薬代を包んだ紙を台の上に置いた。

「わざわざ持って来なくても、若いのは明日も来るではないか」

いぶかしそうに言う玄沢は、腹を押さえた中年男が痛がったので、険しい顔を向けた。

「ここが痛むか」

「痛くないです」

「こりゃ、酒飲みたさに嘘を言うな」

「嘘じゃねぇです。なんともねぇと言ったらなんとも、痛って！」

的を射たところを押さえられて叫ぶ男に、玄沢は説教をはじめた。

長引きそうなので、説得する手間が省けたとばかりに小太郎は部屋から出ると、勝手におさえがいる部屋に行く。

「ごめんよ」

声をかけた小太郎が障子を開けると、おさえが驚いた顔をして起き上がった。

「ああ、そのまま。怖がらなくていい。おじさんは、おさえちゃんをこんな目に遭わせた者を懲らしめるために、ある人に頼まれて来たんだ。ちょいと訊きたいことがあるんだが、いいかい」

おさえは返事をせず、怯えたように布団を首まで上げ、横目で見ている。

小太郎はできる限り声を優しくした。

「先ほど、葉月家の者が来たと思うんだが、あの人に教えたことを、おじさんにも教えてくれないかな」

だがおさえは怖がり、何も話そうとしない。

「武蔵屋さん、それはどういうことだ」

玄沢が障子を開けはなち、険しい顔で入ってきた。

「帰ったはずなのに草履があるから妙だと思えばこんなことだ。お前さん、何者だ」

小太郎は両手を向けて笑った。

「武蔵屋のあるじに嘘はねぇです。御同業が鬼雅一味に襲われて腹を立てている時に、先生のところに、鬼雅のことを知っているかもしれねぇ娘さんが担ぎ込まれているって耳にしたもんで、話を聞かせてもらいに来たってわけでして」

玄沢は疑う眼差(まなざ)しを向ける。

「おさえさんのことは葉月家の者しか知らぬことだが、誰から聞いたのだ」

「芸州虎丸様ですよ」

「何、あの、芸州虎丸殿か」

「あの、芸州虎丸様です」小太郎は鼻高々な面持ちで言う。「手前は親しいもんで、怪しい者じゃねぇですよ」

「いや、いかに芸州虎丸殿とて、おさえさんのことを知るはずはない。さては貴様、鬼雅の手の者か」

懐剣を出す玄沢に、度胸がすわっている小太郎は動じない。

「先生、落ち着いてください。手前は正真正銘武蔵屋のあるじ小太郎ですぜ。若いもんを連れて来たじゃないですか」

笑みを浮かべ、余裕の顔で言う小太郎に、玄沢は懐剣を抜くのをやめ、懐に入れた。

「まことに武蔵屋のあるじならば、鬼雅のことは葉月家に行って訊きなさい。先ほど、おさえさんが知っていることはすべてお伝えしている」

「そこをなんとか……」

「だめだ。さ、帰りなさい」

警戒を解かぬ玄沢の様子に、小太郎は気になったことをぶつけた。

「先生は、芸州虎丸様のお知り合いじゃねぇのですか」

「武勇は耳にしているが、お会いしたことは一度もない」

小太郎は首をかしげた。

決して顔を見せない虎丸のことだ、玄沢も何かを隠しているのだろう、と、勝手に解釈した小太郎は、それ以上は訊かず、退散した。

三

戻ってきた小太郎から話を聞いていた虎丸は、小太郎の肩越しに、路地へ入ってきた五郎兵衛をいち早く見つけて慌てた。

小太郎の腕を引いて路地の奥へ入り角を曲がると、小声で言う。

「頭、先に帰ってくれ」

「なんですいきなり」

「ええけ、早う」

焦る虎丸に小太郎は驚き、

「それじゃ、帰ります」

すぐさまその場を離れた。

振り向きながら表通りへ出た小太郎が、待たせている船がいる神田川のほうへ去るのを見届けた虎丸は、玄沢の家に引き返した。

路地に五郎兵衛の姿がないので、帰ったのかと思い歩いて行くと、木戸門から出てきた五郎兵衛と鉢合わせになった。

口をあんぐりと開けた五郎兵衛は、よう、と、呑気に声をかけた虎丸にしがみついてきた。

「ああ、ご無事でよかった。具合が悪くなられて玄沢先生の家に来られていやしないかと、藁にもすがる思いで来たのでございますよ」

町を捜し回っていたのだろう。目に涙を浮かべて喜び、安堵する五郎兵衛を見ていると、胸が痛くなった。

「勝手に出てすまん」

「若殿、お身体は大丈夫なのですか。今の今まで、どこで何をしておられたのです」

蛍のことを言えるはずもなく、

「あちこちと、歩きよった」

そう言うと、五郎兵衛は目を見てきた。

「あちこちとは、どこのあちこちです」

「江戸の町は、よう分からん」

「まさか、お具合が優れぬというのに鬼雅を捜しておられたのですか」

「そのことよ。玄沢に用があるけぇ、付きおうてくれ」

五郎兵衛は、探るような目を向ける。

「やはりそうでしたか。先生に、なんのご用です」

「来りゃ分かる」

虎丸は路地に人がいないのを確かめて頭巾を取り、木戸門から入った。

慌てて歩み寄った五郎兵衛が、いったい何をする気ですか、と、小声で訊くので、定光として玄沢に会うと言い、戸口に立った。

五郎兵衛がささやく。

「芸州弁にご用心ですぞ」

「分かっとるよ」

小声で言う虎丸に、五郎兵衛は口をあんぐりと開けている。

ひとつ咳(せき)をして気分を変えた虎丸は、若殿らしく声をかけた。

「ごめん。玄沢、おるか」

「ただいま」

奥から声がして、玄沢がすぐに出てきた。戸口に立つ虎丸を見て驚き、足早に歩み寄る。

「若殿様、このようなところにお足を運ばれて、いかがなさいました」

「ちと、用があってまいった」

「お顔の色が、ようなられました」

「久々に町を歩いたせいか、気分がよいのだ」

するとと玄沢が、納得したような顔でうなずく。

「外に出られたのがよかったのでしょう。ささ、狭い家ですがお上がりください。坂田殿もどうぞ」

虎丸は五郎兵衛と上がり、奥へ案内しようとした玄沢に言う。

「今日は他でもない、六左が助けた、おさえと申す娘に訊きたいことがあってまいった。会わせてくれるな」

「ええ、それは構いませぬ。では、こちらに」

部屋に案内した玄沢は、おさえに葉月定光様だと教えた。

おさえは驚いた顔をして起き上がろうとしたのだが、虎丸は止め、何があったのか改めて聞かせてくれと頼んだ。

するとおさえは、辛そうな面持ちとなり、しばらく口を開かなかったのだが、玄沢が、安心してお話ししなさい、と言うと、小さくうなずき、虎丸を見てきた。

「旦那様（定治）に言いつけられるままに、あたしを贔屓にしてくださっていたお侍様を酔わせて、石見銀山の銀がどのように運ばれるのか聞き出しました。それを旦那様にお話しした夜に、畿内屋左京の用心棒がみんなを……」

　声を詰まらせ、目尻から涙をこぼした。

　虎丸は気の毒に思い、神妙な顔をする。

「辛いことを思い出させてすまぬ。石見の銀が、いつ、どのように運ばれるのか、もう一度話してくれ」

　玄沢が口を挟んだ。

「おそれながら、そのことはもう、六左殿に話してございます」

　虎丸は、穏やかな表情を意識した顔を玄沢に向けた。

「竹内はわたしの身体を案じて何も教えてくれぬ。だが、わたしは葉月家の当主。賊が何をたくらみ、家来たちがどのように動こうとしているのか、知りたいのだ」

「お気持ち、もっともなことにございます。では、わたしからお話しいたしましょう」

　玄沢はおさえを気づかって別室に誘うので、虎丸は応じて、五郎兵衛と共に客間落ち着いたところで玄沢が言うには、おさえは定治から命じられて、通い詰めてくれていた客が役目の自慢をするのを利用し、酔わせて聞き出していた。

公儀の重要なことを軽々しく漏らした侍の名は篠部(しのべ)なにがしというらしいが、お忍びで女遊びをしていただけに、本名かどうかは疑問だ。

その篠部、と名乗った者は、おさえに己の偉さを自慢したいがために、大量の銀が石見から運ばれる日付と、浜屋敷沖から荷船で大川をのぼり、堀川から城の金蔵へ運び込まれることまでもしゃべっていた。

共に話を聞いていた五郎兵衛が、険しい顔を虎丸に向ける。

「これは、ゆゆしきことです。これまで黙っておりましたが、葉月家はお上から、石見の銀が運ばれる日までに鬼雅一味を捕らえよとのお下知を受けておりまする」

虎丸は薄々勘付いていたこともあり、腹を立てはしない。亡き歳正に顔を見られるわけにはいかなかった上に、わけの分からぬめまいに苦しんでいたのだ。逆の立場なら、自分も竹内と同じことをしただろう。

虎丸は背筋を伸ばして、玄沢に礼を言った。

恐縮する玄沢に、虎丸は言う。

「もう一度、おさえに会わせてくれ」

「どうぞ」

立ち上がった虎丸は、廊下を挟んだ先の部屋に入り、おさえの横手に正座した。

「おさえ、傷が癒えたのちに帰るあてはあるのか」

おさえは何も言わず、暗い顔をした。

「ないならば、奉公先の世話をしたいが、望みはあるか」

「できれば、ここで先生のお手伝いをしとうございます」

虎丸は笑みを浮かべた。

「医術に興味があるのか」

「いいえ、先生はお一人でお忙しそうですから、ご恩返しにお手伝いをしとうございます」

虎丸はうなずき、玄沢に顔を向ける。

「玄沢、どうだ」

「手伝いをしてくれるのは嬉しいのですが……」

「いやなのか」

「そうは申しません。ただ……」

「ただ、なんだ」

「ここに来る者たちの中には、重い病に苦しんでいる者や、大怪我をした者もいます。血を見ることもございますので、一口で手伝うと言われましても、生半可なことでは務まらないかと」

するとおさえが、

「あたしは大丈夫です。どんなことにも耐え、いえ、慣れてみせますから、お手伝いをさせてください。ここから先生を見ている内に、人の役に立ちたいと思ったのです」

懸命にお願いするので、玄沢は驚いた顔をした。

「ほんとうに、覚悟はあるのか。辛いぞ」

おさえは、意を決した面持ちでうなずいた。

「玄沢、おさえは本気のようだぞ」

虎丸に言われて、玄沢は微笑む。

「分かりました。おさえさん、傷が治ったら、手伝っておくれ」

「はい」

おさえは満面の笑みで喜び、輝いた目を天井に向けた。

「よかったな」

虎丸が言うと、顔を向けたおさえの目尻から光る物がこぼれた。

これまでよほど、辛い目に遭ってきたのだろう。

おさえの笑顔に、虎丸は安心して立ち上がった。

玄沢が見送ろうとしたので断ると、戸口まで来て言う。

「お顔の色がようございますので、薬が切れる頃に、脈を取りに上がらせていただきます」

「町を歩くのが何よりの薬であろう」

虎丸が言うと、玄沢が笑顔でうなずく。

「ほどほどに」

虎丸は笑い、木戸門から出た。

後に続いていた五郎兵衛が腕をつかむ。

「若殿、御屋敷はそちらではございませぬ」

「五郎兵衛は、竹内のことが心配ではないのか」

「なりませぬ。さ、帰りましょう」

腕を脇に抱え込んだ五郎兵衛に引かれて、虎丸は表通りに出た。

ここは従うしかないと思い、大人しく歩いていた虎丸は、町の四辻を真っ直ぐ進もうとした時、右の通りのにぎわいに足を止めた。

「あれはなんだ」

足を止めた五郎兵衛が、町の神社の祭りではないかと言うので、虎丸は、これを逃す手はないと思った。

「ちと、見物をしよう」

五郎兵衛が腕を引く。

「何を申されます。町の祭りなどに、みだりに加わってはいけませぬ」

「玄沢が言うたではないか、外に出たおかげで、気分がよくなったのだ。寝所に籠もる前に、いま少しだけ、気晴らしをさせてくれ」

「う、ううむ。そう言われてはなんとも」

五郎兵衛は困り顔をして、少しだけですぞ、と言って承諾してくれた。

行こうとする虎丸の腕を引いた五郎兵衛は、

「人が多過ぎますので、念のため」

そう言って大刀の下げ緒を解き、虎丸の手首に結び付けた。

右手を上げた虎丸が、繋がった紐を己の帯に結び付けた五郎兵衛に呆れた。

「これでは、まるで罪人ではないか」

「いやなら、このまま帰りましょう」

「分かった分かった。我慢する」

紐を見ていやそうな顔をした虎丸は、気を取り直して、祭りでにぎわう通りへ急いだ。

出店が並ぶ通りには人がひしめき、ぶつからないように歩くのがたいへんだ。

虎丸は刀の鞘が人に当たらないよう落とし差しにして歩き、振り向く。

「五郎兵衛、凄い人だな」

「若殿、これはいけません。戻りましょう」

「まあそう言うな。もう少し歩こう」

先に行く虎丸から離されまいと、五郎兵衛は腰に結んでいる紐をしっかりとにぎった。

三辻から神輿が出てきた。

勢いのあるかけ声をあげて虎丸の前を曲がった神輿に続いていた人たちが、五郎兵衛とのあいだに入ってきて、視界を遮った。

「紐が役に立ちましたな」

五郎兵衛の声が聞こえたので振り向いたが、目の前にいるのは町の見知らぬ男たちばかりだ。

手首の紐が引かれたので、虎丸は紐を引き返した。

人にもまれた五郎兵衛は、虎丸を見失った。だが、下げ緒の紐はしっかりと繋がっているので心配にはおよばない。紐に引かれるまま人混みを抜け出し、振り向きながら言う。

「やれやれ。凄い人ですな。お疲れに……」

顔を前に向けると、そこに虎丸の姿はなく、紐は神輿に結ばれているではないか。

「やられた」

慌てて解こうとしたが、

「野郎ども行くぞ！」

「おおう！」

若者たちの大声があがり、止まっていた神輿の担ぎ手たちが走りはじめたので、たまったものではない。

「こりゃ、止まれ。止まらぬか。止まってください」

五郎兵衛は必死に叫んだが、熱気と歓声に声が消され、引きずられるように連れて行かれた。

頭巾を着けて五郎兵衛を見送った虎丸は、手を合わせた。

「すまんの、五郎兵衛」

その場を離れ、ひとつ先の通りで駕籠を雇い、蛍に走らせた。


先に戻って仕事をしていた小太郎のところへ蛍から使いが来たのは、日暮れ時だった。

右腕と頼りにしている信から受け取った虎丸の文に目を通すなり、小太郎は勇んだ笑みを浮かべた。

「さすがは虎丸様だ。さっそく鬼雅の次の狙いを突きとめられた。信、明後日は虎丸様と、悪党を捕まえるぞ。そのために今から出る。皆を集めろ」

「へい」

「康、早船の支度だ」

応じた康が早船に走ろうとした行く手を、番頭の清兵衛が塞いだ。

「旦那様、いけません、鬼雅に関わるのだけはやめてください」

小太郎が厳しい顔をする。

「心配するな。こっちには虎丸様がいるんだ」

「葉月家の御家老が大怪我をなされ、船手方のお侍が殺されたと聞きました。鬼雅は恐ろしい剣の遣い手だという噂もございます。いかに虎丸様がお強くても、お一人では敵いません。旦那様にもしものことがあれば、お嬢様が天涯孤独になられます。このたびばかりは、行かないでください」

どこうとしない清兵衛に、小太郎はいぶかしむ顔を向ける。

「おれも知らないことをどうして知っているんだ」

「昼間に表で、見知らぬご親切なお武家様からお声をかけられ、かくかくしかじかなので、荷船屋はくれぐれも気をつけろとおっしゃってくださったのです」

「お武家だと？」

「はい。頭巾を着けておられましたが、声から察するに、虎丸様のようにお若いお方ではなく、身なりからして、立派な御家柄かと」

小太郎は渋い顔をした。

「そうと聞いては、ますます虎丸様をお一人で行かせるわけにはいかねぇ」

「そんな……」

「止めるな清兵衛。虎丸様をお一人で行かしちまったら、おれは死ぬまで後悔する。そんな顔するな。必ず帰ってくるからよう。なあみんな」

小太郎が言うと、信に言われて集まっていた秀や謙たちが、声を揃えて応じた。

「行くぞ」

「おう」

小太郎は清兵衛の肩をたたいて早船に乗り、堀川へと出ていった。

岸から見ていた頭巾の侍は、五郎兵衛だ。

武蔵屋の番頭を恐れさせて止めようとしたのだが、失敗した。

小太郎が早船を出すのを見て、五郎兵衛は必死に跡を追った。

江戸橋の下を左に曲がったところで船足を速めたので付いて行けず、五郎兵衛は立ち止まった。

「若殿、どうか、どうかご無事で」

今の五郎兵衛にできることは、葉月家の存続うんぬんよりも、こころの底から、虎丸の無事を祈ることだけだった。

四

石見の銀が運ばれるのを明日に控えたこの日、おさえの口ぐるまに乗って銀運搬の秘密をしゃべっていた篠部という侍は、呆れたことに、偽名ではなく本名でもぐりの女郎屋に通い、酒に飲まれて、己がしゃべったことを何ひとつ覚えていなかった。

ゆえに、籔屋の一件は、用心棒が金欲しさに籔屋の者たちを斬殺し、証拠を隠すために火をかけたと思い込んでいる。

それはなぜかといえば、竹内の報告を受けた川賊改役頭の鬼塚が、おさえが生きていることを鬼雅一味に知られるのを恐れ、町奉行と協議をして物取りの仕業とし、公にしたからだ。

むろん、独断ではない。このことは町奉行から、大老格・柳沢美濃守吉保に伝えられ、事実を隠すことの承諾を得ている。

柳沢はさらに、凶悪な鬼雅が銀を狙っていることを知り、運搬の総指揮を執る者をはじめ、各隊の頭を集めて知恵を授けた。どういうわけか、ここに鬼塚の顔はない。

柳沢がこれと見込んだ者たちばかりなのだが、その中の一人が篠部だった。

篠部は、皆が下がった後も残るよう命じられ、別室に呼ばれた。

柳沢は、藪屋のことは一切口に出さず、

「たかだか千貫（金一両小判で二万両弱）の銀のことは、もはやそちは気にせずともよい。必ずや、鬼雅を仕留めよ」

厳しく命じた。

失態を演じたことにまったく気付いていない篠部は、これを出世の糸口とすべく、鬼雅がくれば見事に討ち取る意気込みをもって、城からくだった。


同じ時刻、役目を果たそうとする竹内と、兄歳正の仇を討たんとする歳三は、鬼塚の呼び出しを受けて、鉄砲洲を対岸に望む役宅に来ていた。

軒を並べる公儀船手方の組屋敷からも、組頭をはじめ、指揮を執る立場にある者たちが来ている。

総勢二十五名の前に立った鬼塚が、渋い顔で告げる。

「わしは、鬼雅のことを御大老格（柳沢）に打ち明け、陸路で銀を運んでいただくようお願いしたが、結論を申すと、水路で運ぶことが決まった」

竹内の隣に座っていた歳三は、よし、といい、兄の仇を討つと勇んだ。

冷静な竹内は、そんな歳三を横目に、鬼塚に訊く。

「よろしいですか」

「なんだ、竹内」

「陸路が安全であることを言上されたとおっしゃいましたが、何ゆえ、水路に決まったのですか」

鬼塚が渋い顔をした。

「ようは、金だ」

「金……」

「陸路で銀を運ぶことを、町奉行が拒んだのだ。銀の運搬を嗅ぎ付けた凶悪な盗賊どもが江戸に潜伏している情報を得たらしく、陸路は隠れる場所が多く、賊どもに優位、守る側には不利だと訴えおった。それを聞いた御大老格はもっともなことだとおっしゃり水路に決められたが、それは建前。本音は、隠れる場所が多い陸路のほうが、道中の警固に費用がかかり過ぎることだろう」

「よろしいでしょうか」

手を上げたのは、船手方与力の久本だ。

鬼塚が顔を向ける。

「申せ」

「銀を載せる船には、川賊改役が乗り込まれて守られるのですか」

「そうしたいところだが、荷を守るのは選ばれし旗本の連中だ。皆、かなりの遣い手らしい。我らは荷船の周囲を固め、船団を形成して大川をのぼり、永代橋の手前から堀川に入り、日本橋から道三堀へ行き、廓内で荷揚げをする。荷揚げまでを警固することになっているが、襲ってくるとすれば、大川のみ。永代橋の袂にある船手方の番所を過ぎてしまえば、我らの勝ちだ」

久本は納得がいかぬ顔をした。

「何ゆえこの道順を選ばれたのでしょうか」

「そこは知らぬ。我らは、お上が決められたことに従うのみだ」

「解せませぬ。堀川には、荷船がひしめいております。賊が紛れていても見分けが難しいゆえ、油断は禁物かと」

「そこは心配ない。今夜から荷を運び込むまで、すべての船を堀川から出す手はずとなり、今頃は、おふれが回っているはずだ。御船手組には、堀川に入ろうとする船をすべて止めてもらいたい」

「承知しました」

快諾した久本が、もう言うことはないとばかりに視線を下げた。

「他に訊きたいことは」

鬼塚の問いに、一同から声はあがらない。

「明日は長い一日になる。各々がた、今夜はゆるりと休まれよ」

頭を下げた一同が立ち上がり、静かに帰っていく中、竹内は鬼塚の前に進み出た。

「鬼塚様」

「おお、なんだ」

「我が葉月家は、銀を運ぶ前に鬼雅一味を捕らえるようにとのお役目を賜わっておりましたが、情報に乏しく、今のままでは、役目を果たせそうにございません。その点について、ご公儀は何か申されましたか」

「竹内らしくもない、ずいぶん弱気だな」

厳しい顔を向けられて、竹内は目を伏せた。

「心配するな。おぬしが教えてくれたおさえと申す女のことを御大老格に話したところ、鬼雅一味が銀を狙うていることが明白となったと、お褒めの言葉をいただいておる。鬼雅は必ずや襲ってくるであろう。その時に一味を捕らえれば、何もお咎めはあるまい」

「この命を賭して、必ず捕まえます」

頭を下げる竹内に、鬼塚が身を乗り出した。

「ところで、近頃とんと芸州虎丸の噂を聞かぬが、おぬしはどうだ。何か耳にしているか」

突然のことに竹内はどきりとしたものの、そこは感情を表に出さぬ者。無表情の顔を上げた。

「わたしも聞きませぬ。こたびは、鬼雅のことを嗅ぎまわっていないものかと」

秘密を知らぬ鬼塚が疑うはずもなく、渋い顔をした。

「旅にでも出たのだろうか。こういう時におってくれれば、頼りになったのであろうがな。まあ、神出鬼没の者をあてにしてもしょうがない。明日は、我らで必ず、鬼雅を捕らえようぞ」

「はは」

鬼塚は表情を和らげた。

「どうだ、一杯やるか」

竹内は一瞬迷ったが、

「では、一杯だけ」

鬼塚に付き合い、半刻（約一時間）ほどして帰った。

五

鬼雅一味がなりを潜めたまま、いよいよ銀を運ぶ朝が来た。

竹内率いる葉月家の早船は黎明の大川をくだり、鬼塚率いる川賊改役と合流し、江戸湾に停泊している運搬船に向かった。

船手方の軍船が周囲を警戒する中、運搬船では、銀を詰めた箱を川船に乗せ換える作業がはじまっていた。

三艘の荷船は、いずれも六人の漕ぎ手がいる大型の物だ。

「荷船を守れ！」

軍船から大声を張り上げて命じるのは、浦賀沖から江戸湾まで守ってきた船手方の頭だ。

　鬼塚は従い、配下と竹内に指示をとばした。

　命じられるまま、荷船の後方に付いた葉月家の早船では、歳三や柴山昌哉以下の船手方が周囲を警戒した。

「蟻一匹入れぬとは、このことだ」

　壮観な眺めだと付け加える柴山に顔を向けた竹内が、蔵に納められるまで気を抜くなと戒めた。

　この時、周囲には大小を合わせて三十数艘もの船が集まり、一般の船は近づけないようにされていた。

　金にして約二万両の銀を守るには大がかりな警固なのだが、江戸を騒がせている鬼雅一味が狙いを定めているため、盗まれるようなことがあれば公儀の恥となる。そのため公儀は、大がかりな警固を敷いているのだと、皆は思っていた。

　柴山がつい、油断したような態度になったのも、そのためだろう。

　だが、ここにいる誰もが、すでに鬼雅の手が伸びていることに気付いていない。はるばる石見の銀を運んできた運搬船から荷を下ろすために乗り込む人足は、公儀の仕事を請け負う商家が派遣しているのだが、鬼雅の手下は、その末端の者の中に、潜り込んでいたのだ。

まさか、賊が紛れ込んでいるとは思いもしない竹内は、銀を積み終えた川船が動きはじめると、隊列の最後尾を守り、大川へ向かった。

爽(さわ)やかな初秋の青空の下、江戸湾に浮かぶ佃島(つくだじま)が右前方に見えはじめた。

甲府宰相(こうふさいしょう)がいる浜屋敷沖に停泊する運搬船からならば、築地川(つきじがわ)に入り、幸橋御門(さいわいばしごもん)から陸路で運ぶ道順のほうが最短で廓内に入ることができ、もっとも安全に思えるのだが、柳沢はその道順を使わなかった。

それは何ゆえか。

鬼塚はあれやこれや言っていたが、それは憶測にすぎない。

竹内は、今日ここに来てみて、疑問が増していた。そして思うのは、わざと遠回りをして、鬼雅をおびき寄せようとしているのではないか、ということだ。

大川には、公儀の荷船にこそ近づかないものの、一般の船がたくさん行き交っている。その混雑を利用して襲ってきた鬼雅を捕らえれば、西国を荒らしまわった悪名高い賊を仕留めたと、世間に対して好印象を与えられる。

江戸市中では、生類憐みの令に対する不満が膨らみ、将軍家に向ける庶民の目が厳しいものになりつつある。

凶悪な鬼雅を民が見ている前で捕らえることで、公儀に対する不満を少しでも減らそうとしているのではないか。

竹内はそのようなことを考え、柳沢の真意を探ろうとしていたのだ。

もしも柳沢が、竹内の推測どおりの思惑をもって、わざわざ危ない道順を選んだのならば、なんとしても鬼雅を捕らえなければならぬ。しくじれば、それでなくとも葉月家を疎んじている柳沢に恨まれ、どのような厳しい罰を受けるか分からない。下手をすると改易、いや、若殿の首すら危ないだろう。

そう思った竹内の心に、柳沢の真の狙いは、葉月家を潰すことではないか、という疑いが芽生え、思うようにさせてなるものか、と決心した。

佃島を右手に見つつ通り過ぎると、浦賀から来ていた船手方の軍船が舳先を転じた。

それを見ていた竹内は、気を引き締め、皆に告げる。

「者ども、軍船が役目を終えて浦賀に帰っていく。鬼雅がこの時を待っていれば、いよいよここからが危ない。見張りに気を抜くな」

いつになく厳しい顔の竹内の命令に、歳三以下、葉月家の船手方が声を揃えて応じ、警戒に当たった。

三艘の大型荷船は、ゆっくり大川を上る。

船手方の乗る川船と鬼塚配下の船が周囲を固め、近づく隙はない。

公儀の船から離れたところを行き交う船の中に、武蔵屋の早船が混じっている。

前を見ていた小太郎が、虎丸を振り向いて笑みを浮かべた。

「虎丸様、もの凄く固い守りですね。あれじゃ、さすがの鬼雅も近づけませんよ」

小太郎はそう言ってすぐさま、不思議そうな面持ちとなった。虎丸が返事もせずに、後ろを見ているからだ。

「虎丸様？」

近づいて声をかけた小太郎を振り向いた虎丸は、頭巾で表情は見えないが、腕組みをして首をかしげ、何かを考えている。

小太郎は立ち上がり、後方を見た。

「さっきから何を気にしておられたので？　怪しい船がいますか？」

「頭」

言われて、小太郎は虎丸を見た。顔を上げた頭巾の奥に、決心したように、らんらんと光る眼差しがある。だが、その輝く目は下を向き、次の言葉が出ない。

「何をお悩みで？」

「どうも、胸がすっきりせん」

「ご気分がお悪いのですか」

「頭がさっき言うたことが、胸につかえとる」

「手前が何を言いましたっけ」

「なしてわざわざ遠回りをすんじゃろういうて、不思議がっとたじゃやろう」

「ああ、あれですか。でも今思えば、守る船の数が多いので、大川と広い堀川を使うのは当然かと。忘れてください」

「どうも気になるけぇ、引き返してくれ」

思わぬことに、小太郎は舵（かじ）を取っていた信と顔を見合わせた。

信がうなずき、虎丸に言う。

「虎丸様、先ほどから見ていらしたのは、怪しい船じゃなかったんです？」

「見よったのは銀の運搬船よ」

信が海を振り向いた。

「何が気になるので？」

「自分でもよう分からんけど、胸騒ぎがする。早う引き返してくれ」

「おい信、虎丸様のおっしゃるとおりにしろ」

小太郎が言うと、信はようやく舵を切った。


虎丸が近くにいたことに気付かぬ竹内は、武蔵屋の早船が引き返したことを知る由もない。守る公儀の荷船は、何事もなく、永代橋の手前を左に曲がり、堀川に入った。昨日からのおふれにより一般の船が締め出された堀川にいつもの活気はなく、静まり返っている。

竹内は、橋から鬼雅一味が飛び下りてくることを案じていたが、頭上に見えるのは町奉行所の役人のみだった。橋を閉鎖し、周囲を固めているのだ。というのも、前をゆく荷船の最後尾を守っていた竹内は、ここに来て妙だと思った。

船に乗り込む公儀の者が少なく感じられたからだ。

歳三が竹内の横に来て言う。

「御家老、鬼雅が狙うなら、もうとっくに来ているはずですが」

「この厚い守りを見て、あきらめたのであろう。それはそれで、よいではないか」

内心では妙だと思いつつも、歳三にはそう言った竹内は、最後まで気を抜くなと、皆に声をかけた。

すぐ前を進んでいる、銀を載せた荷船に乗っていた公儀の者たちが、不安そうな顔で相談をはじめた。

竹内が、何事かと思い見ていると、頭格の侍が船を止めた。横を守っていた鬼塚が不服そうな顔をする。

「このようなところでどうしたのだ」

すると侍が、不安を隠せぬ顔で言う。

「実を申すと、柳沢様の策により我らは囮だったのだが、鬼雅が来ぬ。本隊が心配だ。引き返して守ってくれ」

鬼塚は目を見張った。

「本隊だと！」

「そうだ。この箱の中身は、ただの石だ。銀は、商家の船に扮した本隊が、運搬船の近くにいた浦賀の軍船から受け取って運んでいる」

「馬鹿者！」

鬼塚は叫び、竹内に顔を向けた。

竹内は冷静に、荷船の侍に訊く。

「本隊はどこにいるのです」

「我らより遅れて出立しているはずだ。今頃は、築地川に向かっていると思う」

柳沢は囮を使い、最短で安全な道を選んでいた。

それはよいとして、何も知らされていなかったことに、竹内は舌打ちをした。

早くも船の舳先を転じさせている鬼塚が、荷船の侍に訊く。

「本隊の守りは」

「荷船に乗り込んでいる者たちのみです」

「愚かな。鬼雅を甘く見過ぎだ！　竹内！」

「承知！」

応じた竹内が歳三に顔を向ける。

「急げ！」

「はは！」

歳三は、兄の仇を逃がしてなるものかと焦っているのか、漕ぎ手たちを懸命に鼓舞して急がせている。

大川から出た葉月家の早船は、浜屋敷を目指して船足を速めた。

六

その頃、本隊の荷船はようやく軍船を離れていた。

遅れたのは、荷を運ぶことに慣れていない船手方の若侍が、荷を下ろす滑車に縄を絡ませてしまったからだ。

三艘の船を守る立場にある篠部は、いらいらした様子で、先ほどから爪を噛(か)んでいる。

軍船から離れた後は、囮組のように周囲を守ってくれる船はなく、それぞれに六名ほど侍が乗り込んでいるだけだ。

銀千百二十貫(金二両小判で約二万両分)を詰めた箱は、囮の荷船のように、これ見よがしに葵(あおい)の御紋入りの布をかけているのではなく、無紋の布で隠されている。

誰が見ても商家の荷船というのが、篠部らにとっては最大の守りと言えよう。

「落ち着け篠部。見つかるはずはないのだから、案ずることはない。万が一賊が来ても、これで仕留めてやる」

声をかけた同輩の園田(そのだ)が、かたわらに置いている鉄砲を見せた。

皆、商家に似せるために袢纏を羽織っているものの、下には防具を着け、裁っ着け袴を穿いている。近づけば、戦支度をしていることは一目瞭然。

うなずいた篠部は、己の鉄砲を引き寄せ、ひとつ大きな息を吐いた。篠部が荷船を守る組に選ばれたのは、鉄砲の腕を買われてのことだが、本来は囮など立てず、堂々と銀を運ぶ船を守る手はずだった。それが、急に変わったのだ。己が口を滑らせたせいだと思いもしない篠部は、柳沢の策好きにも困ったものだと、園田に愚痴をこぼした。

そんな篠部を乗せた荷船に、急速に近づく四艘の小船がいる。

いち早く気付いた船頭が、

「出たぞ。鬼雅だ！」

悲鳴に近い声で叫んだ。

園田が驚き、立ち上がった。

「馬鹿な、なぜばれたのだ！」

言っているあいだに、鬼雅の船が近づいてくる。運搬船に潜り込み、箱の中身が石であることを見破った手下がいたのだが、園田たちが知る由もない。

離れた場所に停泊していた千石船から、遠眼鏡を使って成り行きを見ていた鬼雅は、潜り込ませていた手下の合図を受けて囮と気付き、あきらめるところだったのだが、軍船に横付けして荷を受け取る動きに気付いて、狙う銀と確信して小船を出したのだ。

篠部は接近する小船をにらみつけている。

築地川に入ればなんとか逃げ切れるはずだが、重い銀を載せている荷船は遅過ぎて、間に合いそうにない。

園田は歯ぎしりをして、皆に命じた。

「迎え撃つ。船を横一列にせい！」

園田の号令に応じて、荷船が陣形を変えた。

それを見て、鬼雅と同じ船に乗っていた手下が言う。

「頭、鉄砲ですぜ！」

「ふん、たったあれだけの数、役に立つものか」

鬼雅が手を振って指図をすると、船の舳先に防護板が立てられた。

手下どもは板に身体を隠して櫂(かい)を漕ぎ続け、船はさらにあいだを詰める。

「放て！」

号令が飛ぶや、六丁の鉄砲が火を噴く。

弾は鬼雅が乗る船の防護板に命中して木くずを飛ばし、立っていた舵取りの一人が肩を撃たれて海に落ちた。

「止まるな、行け」

命じた鬼雅は立ち上がり、弓に矢を番えて引く。

放たれた矢が唸りを上げて飛び、弾を詰めようとしていた鉄砲手の首を貫いた。

それを見た篠部が、荷の陰に隠れて筒に火薬を流し込み、弾を入れて棒で圧縮するや、片膝立ちになり、狙いを定める。

「放て！」

組頭の号令で、篠部は鉄砲を撃った。

狙いを定めていた賊に命中し、海に落ちる。

すぐさま荷の陰に隠れた篠部は、女にする自慢が増えた、と、懲りもせず、嬉々として弾を込めた。

「皆殺しだ。賊どもめ、思い知らせてやる」

舌なめずりをして鉄砲を抱えた篠部は、号令を待たずに仕留めてやろうと意気込み、片膝立ちで鉄砲を構えた。

視力に優れた篠部の目に黒い点が見えた、その刹那、風を切る音が迫り、目を見開いた篠部の眉間に矢が突き刺さった。

声もなくのけ反る篠部。

その拍子に火を噴いた鉄砲の弾が園田の背中を貫き、即死した園田は海に落ちた。

鬼雅は連続して矢を放ち、鉄砲を撃とうとしていた者たちを次々と射止めた。

鉄砲が沈黙したことで、鬼雅一味は一気に迫る。

銀を守る侍たちは皆、選りすぐりの剣の遣い手だ。鉄砲を失えども、刀をもって鬼雅一味を迎え撃つ。

先陣を切って飛び乗り斬りかかってくる鬼雅の手下の刀を弾き上げ、幹竹割りに斬る。呻いた手下が海に落ちるのも構わず、鬼雅一味は次々と飛び移り、公儀の者たちに斬りかかった。

両者入り乱れた斬り合いは、公儀が有利に見えた。だが、右の頬から鼻にかけて刀傷がある剣客、高瀬弦才と鬼雅が加わるや、形勢は一気に逆転した。

「おのれ！」

公儀の者が気合をかけて、鬼雅に斬りかかった。

渾身の一撃を、鬼雅は片手で弾き上げるや、そのまま打ち下ろして斬る。呻く侍を海に蹴り落とし、手下と鍔迫り合いをしている侍の横腹を貫き、抜きざまに長刀を振るって、別の侍の腹を一閃（いっせん）した。

またたく間に三人を斬殺する剛剣に、荷船の漕ぎ手たちは恐れおののき、海に飛び込んで逃げた。

すぐ隣の荷船では、弦才によって公儀の者たちが次々と斬られ、容赦なく海に落とされていく。

公儀の者たちはそれでも戦い、最後の一人まで抵抗したのだが、鬼雅一味に囲まれて四方八方から刀を突き込まれ、血を吐いて海に落ちた。

短い時間で荷船を奪った鬼雅は、箱を開けて銀を確かめ、弦才を見て笑った。

「これだけあれば、生涯遊んで暮らせるぜ」

「江戸を離れ、京へ行くのはどうか」

「そいつはいい。野郎ども、引き上げだ」

鬼雅が威勢のいい声をあげた、その刹那、荷船を漕ごうとしていた手下が叫んだ。

「頭！　新手が来ます！」

「軍船か！」

「小船です」

手下が指差す先には、舳先に白波を立てて猛然と迫る早船がいた。

舳先に立つ覆面の男に、鬼雅はいぶかしむ顔をする。

「あの覆面、まさか」

鬼雅の疑問に、そばにいた手下が声をあげる。

「間違いない。奴は噂に聞いた芸州虎丸ですぜ」

鬼雅は睨み、弓を取って矢を番えた。

七

「虎丸様！　あれを」

叫ぶ小太郎が示す先の海面に浮く骸を見て、虎丸は拳をにぎりしめた。

「遅かったか。鉄砲の音は聞こえるか」

「今はしません。争ったのは公儀の船に間違いないかと」

小太郎はそう言っているうちに何かに勘付いたように、はっとした表情になった。

「虎丸様、川賊改役が守っていたのは、囮じゃないですか」

「気に入らんのう。鬼雅は、囮を知っとったゆうことか」

「そうとしか思えません」

小太郎は焦った表情で、早口にそう言った。

亡き歳正が訴えたように、鬼雅は、大名の軍船を襲うほどの男だ。公儀の罠を警戒し、用意周到に、手下を人足として忍び込ませていた可能性に、この時になって気付いた。

程なく、鬼雅だと決定づけることが起きた。

虎丸に代わって舳先に立って前を見ていた信が、

「虎丸様、野郎、異様に長い刀を持ってます」

そう叫んだからだ。

虎丸は確信した。

「間違いない。鬼雅じゃ！」

「奴は弓を取りました。こっちを狙ってます！」

迫る早船に気付いた鬼雅が矢を射るのと、信が叫ぶのが同時だった。

虎丸は、信の腕を引いてしゃがませ、小太刀で矢を斬り飛ばす。

「鬼雅はお前か！」

大声を張り上げると、返事の代わりに、ふたたび矢が飛んできた。

これも斬り飛ばした虎丸は、矢を放った男に小太刀の切っ先を向ける。

「頭、あの船じゃ。突っ込め」

「野郎ども行くぞ！」

「おう！」

船足がさらに速くなり、小太郎が舵を取って舳先を向ける。

弓を持っている男が手を振るうと、二艘の荷船が離れ、逃げはじめた。

「頭、銀が奪われる。逃がすな」

虎丸の声に応じて、小太郎が逃げる荷船に舳先を向ける。

そのあいだも、弓を持つ鬼雅から目を離さぬ虎丸。

互いに睨み合い、離れた。

逃げる荷船に近づき、目測した虎丸は、

「いくで！」

気合をかけて舳先から飛んだ。

陽光に煌めく海面を眼下に、人らしからぬ跳躍をもって荷船に乗り移るや、慌てて斬りかかった手下の一刀を受け止め、腹を蹴飛ばして海に落とした。

「野郎！」

叫んだ手下が斬りかかろうと刀を振り上げたが、それより先に間合いに飛び込み、小太刀で腹を峰打ちした。

うずくまって呻く手下を横目に、残る四人に迫ると、その者たちは顔を引きつらせて下がり、自ら海に飛び込んだ。

横付けしてきた小太郎の早船に戻った虎丸は、鬼雅が乗る荷船の動きを見つつ、逃げたもう一艘を追わせた。

その様子を見ていた鬼雅が舌打ちをした。

「追え。野郎の好きにさせるな」

手下に怒鳴る鬼雅に、虎丸が顔を向ける。

「そこで待っとれ！　すぐ行くけぇのう！」

「くそ野郎が！　おい、船だ。早船に行け」

「だめです。潮に流されています」

「黙れ！」

手下を怒鳴る鬼雅を尻目に、虎丸は、逃げる荷船に追い付いた。

悪事を重ねてきた手下どもは、迫る虎丸を斬ってやろうと勇み、刀を抜いて待ち構えている。

「三手に分かれたのが奴らの失敗よ」

虎丸は小太郎に言い、荷船に飛んだ。

乗り移るや、斬りかかってきた手下の一撃を受け止め、腹を蹴って押し返す。

六人を相手に小太刀を構えて対峙していると、早船を横付けした小太郎たちが加勢した。

気が優しくて怪力が自慢の康が真っ先に乗り移り、重い櫂を軽々と振るって迫る。

櫂を受け止めようとした手下が刀を飛ばされ、目を見張って下がった。

その背後に乗り移った秀が、日頃の喧嘩で鍛えた拳を振り上げ、太い腕で手下の首を絞め上げげて気絶させた。

残りの四人も抵抗したが、小太郎たちに倒され、手足を縛られて身動きを封じられた。

「残るは鬼雅じゃ。逃がすな」

応じた皆が、早船に戻って櫂をにぎった。

鬼雅と弦才が乗る荷船は、ゆるゆると築地川に向かっていたのだが、騒ぎを知った浜屋敷の侍たちが海辺の丘に立ち、甲府藩の船が築地川に出ていた。

鬼雅は、邪魔をする者は誰であろうと容赦なく斬り殺す。

そうはさせじと、虎丸は急がせた。

小太郎の声に調子を合わせる信たちが漕ぐ早船は、ぐんぐん足を速めて追う。

逃げきれぬと思ったのか、鬼雅の荷船が舳先を転じて、向かってきた。

双方が近づくや、鬼雅が矢を放った。

舳先に立つ虎丸は、鋭い音を発して飛ぶ矢を斬り飛ばす。

鬼雅は、弦才に耳打ちをした。

応じた弦才が抜刀し、虎丸を睨む。

「来い！」

「言われんでも行っちゃるよ！」

飛ぶために身構えた時、竹内が弓矢でやられたことが脳裏をかすめ、虎丸は刀を脇構えにして待ち受ける弦才を睨んだ。

「頭、一気に詰めてくれ」

「行きやすぜ！」

小太郎は舳先を転じて迫る。

虎丸は助走をつけて飛んだ。

「馬鹿め」

弦才がしゃがむ後ろから、鬼雅の矢が放たれた。

小太刀を構えていた虎丸は斬り飛ばす。

その隙を突かんとしていた弦才がにたりと笑い、飛んでくる虎丸めがけて斬り上げた。

鋭く振るわれた刀の刃は、虎丸の足を斬り飛ばす。

弦才はそう見込んでの攻撃だったが、手ごたえは違っていた。

虎丸は右手の小太刀で矢を斬り飛ばしつつ、左手で二刀目の小太刀を抜き、股を大きく開いて刃を受け止めたのだ。

動きを見切れなかった弦才の眼前に虎丸の膝が迫り、鼻を潰した。

「ぐあ」

飛び移る勢いのまま膝蹴りを食らった弦才は、手下を巻き込んで倒れた。気絶したその顔は見る間に鼻血で染まり、開けたままの口からは、血泡と共に、数本の歯が落ちた。

無様な弦才を見くだした鬼雅が、弓を捨て、腰の刀を抜いた。

戦いに有利な長刀の切っ先を虎丸に向け、片笑む。

「そのような短い刀で、わしを倒せると思うな」

低い声で言うや、左足を前に出し、両手を右脇に引いて刀身を立てる八双の構えをした。

虎丸は、両手ににぎる小太刀の切っ先を鬼雅の胸に向けて対峙している。

先に動いたのは鬼雅だ。

揺れる荷船をものともせず足を運び、八双から上段に転じて斬り下ろす。

虎丸は二刀で受け止めたが、軽い。

鬼雅は斬ると見せかけて刀を転じ、受ける虎丸の、がら空きとなっている腹を狙ってきた。

辛うじて受け止めた虎丸は、鬼雅に体当たりをして突き放した。

鬼雅は下がる時も刀を振るい、首を狙ってくる。

太刀筋を見切った虎丸が引いてかわすと、鬼雅は両手首を左脇に引き、長刀の切っ先を向けて睨む。その顔からは、初めに見せていた余裕が消えている。

「お前に殺された高里歳正が、あの世で待っとるで」

虎丸が言うと、鬼雅は探る眼差しとなった。

「芸州虎丸、貴様の正体は何だ。覆面を取れ」

「つべこべ言わんこう、かかって来いや」

調子よく言ったその時、急なめまいに襲われた。

よろめく姿を見た鬼雅が嬉々とした目をして、斬りかかってきた。

辛うじてかわした虎丸は、銀の箱に手をついて踏みとどまった。

苦しそうな様子を見て小太郎が叫んだが、虎丸の耳には、遠くで叫んでいるように聞こえている。

襲いかかろうとした鬼雅は、小太郎が竹棹で突いてきたので棹先を斬り飛ばし、

「邪魔な野郎だ！」

怒鳴って斬りかかろうとしたが、虎丸の剣気を感じ顔を向けた。

めまいが収まった虎丸は、猛然と出る。

目を見張った鬼雅であるが、負けじと前に出る。

虎丸は船べりを蹴って飛び、横に一閃された長刀をかわし、鬼雅の背後を取った。

振り向きざまに斬ろうとする鬼雅の背中を、太鼓を打つがごとく、二刀の小太刀で峰打ちした。

村上家先祖伝来の奥義、双斬をもって背中を打たれた鬼雅は、あばら骨が折れる音と共に呻き声をあげてのけぞり、そのまま仰向けに倒れて気絶した。

大きな息を吐いた虎丸は、固唾を呑んで見ていた手下どもに目を向けた。

「ひっ」

悲鳴をあげた手下どもは、持っていた刃物を捨てて舳先に集まり、身を寄せて怯えている。

「虎丸様、役人が来ます」

小太郎が示す大川のほうを見ると、六人漕ぎの早船が遠目に霞(かす)んで見えた。

竹内たちだと見定めた虎丸は、下げ緒で鬼雅を縛り、刃物をすべて海に捨てると、小太郎の船に戻った。

「来たら面倒じゃけ、急いで離れてくれ」

「承知」

応じた小太郎が指図すると、漕ぎ手たちが櫓(ろ)を漕ぎ、その場から離れた。

海に浮かぶ無人の千石船の陰に隠れ、鬼雅一味が捕らえられる様子を見ていた虎丸は、半刻ほど、その場にとどまっていた。やがて、竹内たちが引き上げていくのを見送り、胸を撫(な)でおろした。

兄の仇を討てなかったことで、歳三は悔しい思いをしているかもしれないが、虎丸はこれでよかったと思っている。仇とはいえ、人を殺(あや)めてほしくないからだ。

「虎丸様、せっかく鬼雅を捕らえたというのに、手柄を役人に渡してよろしいので？」

そう言ってきた小太郎に、虎丸は笑った。

「ええよ。家の者に知られたら、それこそ面倒なことになるけぇ」

「お武家なら、手柄を喜ばれるのが常ではないのですか」

「わしんところは違う。外に出るなゆうて叱られるだけじゃけ」

「ええ！　そんなぁ」

「わしのことはもうええけ、頭、そろそろ帰ろう。今日は屋敷に帰って、ゆっくり風呂(ふろ)に浸かりたい」

「そいつはいいですね。手前もみんなと湯屋に行って、汗を流しますよ」

虎丸は小太郎や仲間たちと笑って語り合い、久々に嗅ぐ潮の香りと景色を堪能(たんのう)しつつ、武蔵屋に帰った。

八

小太郎に礼を言って武蔵屋から出たのは、日が西に傾きはじめた頃だった。

「竹内が知れば、怒るじゃろうのう」

ひとつため息をついた虎丸は、葉月家に帰るために、重い足取りで町中を歩んだ。

屋敷近くに帰った頃には、すっかり日が落ち、初秋の涼やかな風が吹きはじめた。

背後から近づく足音に気付いて振り向くと、鯉姫だった。

驚く虎丸に鯉姫は駆け寄り、腕をつかんだ。

「どしたん？　怖い顔して」

「助けてほしい」

鯉姫は、今にも泣きそうな顔をしている。

心配した虎丸は、何があったのか訊く。

だが鯉姫は答えようとせず、腕を引いた。

「黙って一緒に来て」

ただごとではなさそうだと思った虎丸は、素直に応じて、鯉姫に腕を引かれるまま道を急ぐ。

連れて行かれたのは、一包がいる家だった。

表の戸口で立ち止まった虎丸は、鯉姫の手を離した。

「どうしたんか教えてくれ」

「ええけ、中に入って」

ふたたび腕を引かれた虎丸は、庭に回り、縁側から座敷に入った。

座れと言われて、示された上座に正座した。

歩み寄る鯉姫を見上げた虎丸は、頭巾に伸ばされた手をつかんで止める。

「何するんや」

「顔を隠すことはいらんよ。ここの者は、あんたの正体を知っとるけん」

「嘘じゃろ。お前、しゃべったんか」

「心配しんさんな。外には漏らさんけ。まずは、お茶を飲みんさい」

鯉姫は、支度をしていた茶瓶を取り、冷たい茶を湯飲みに入れてくれた。

潮風に当たったせいで喉が渇いていたのでありがたい。受け取って、一息に飲み干した虎丸は、湯飲みを返して、改めてわけを訊く。

「いったい、何があったんや」

鯉姫は答えず、じっと虎丸を見ている。その目は、不安そうだ。

「力になるけ、言うてみい」

しゃべっているうちに、意識が朦朧としてきた。

異変に気付いた虎丸は、鯉姫の手をつかんだ。

「おい、何を飲ませた」

しゃべる内にも目が回りはじめ、これはまずいと思い、逃げ帰るために立ち上がろうとしたのだが、足がいうことをきかない。

仰向けに倒れる虎丸を、鯉姫が受け止めた。

意識が朦朧とする中、首筋の匂いを嗅いだ鯉姫が、耳元でささやく声が聞こえた。

「身体から怪しい香りをさせとる虎丸を、あの家に帰らせるわけにはいかんのよ」

虎丸は起き上がろうとしたが、目の前にある鯉姫の顔がぼやけ、気が遠のいていった。

本書は書き下ろしです。

しつこい男

身代わり若殿　葉月定光4

佐々木裕一

令和元年　9月25日　初版発行

発行者●郡司 聡

発行●株式会社KADOKAWA
〒102-8177　東京都千代田区富士見2-13-3
電話　0570-002-301（ナビダイヤル）

角川文庫 21817

印刷所●株式会社暁印刷
製本所●本間製本株式会社

表紙画●和田三造

●お問い合わせ
https://www.kadokawa.co.jp/（「お問い合わせ」へお進みください）
※内容によっては、お答えできない場合があります。
※サポートは日本国内のみとさせていただきます。
※Japanese text only

ISBN 978-4-04-108046-7　C0193

角川文庫発刊に際して

角川源義

第二次世界大戦の敗北は、軍事力の敗北であった以上に、私たちの若い文化力の敗退であった。私たちの文化が戦争に対して如何に無力であり、単なるあだ花に過ぎなかったかを、私たちは身を以て体験し痛感した。西洋近代文化の摂取にとって、明治以後八十年の歳月は決して短かすぎたとは言えない。にもかかわらず、近代文化の伝統を確立し、自由な批判と柔軟な良識に富む文化層として自らを形成することに私たちは失敗して来た。そしてこれは、各層への文化の普及滲透を任務とする出版人の責任でもあった。

一九四五年以来、私たちは再び振出しに戻り、第一歩から踏み出すことを余儀なくされた。これは大きな不幸ではあるが、反面、これまでの混沌・未熟・歪曲の中にあった我が国の文化に秩序と確たる基礎を齎らすためには絶好の機会でもある。角川書店は、このような祖国の文化的危機にあたり、微力をも顧みず再建の礎石たるべき抱負と決意とをもって出発したが、ここに創立以来の念願を果すべく角川文庫を発刊する。これまで刊行されたあらゆる全集叢書文庫類の長所と短所とを検討し、古今東西の不朽の典籍を、良心的編集のもとに、廉価に、そして書架にふさわしい美本として、多くのひとびとに提供しようとする。しかし私たちは徒らに百科全書的な知識のジレッタントを作ることを目的とせず、あくまで祖国の文化に秩序と再建への道を示し、この文庫を角川書店の栄ある事業として、今後永久に継続発展せしめ、学芸と教養との殿堂として大成せんことを期したい。多くの読書子の愛情ある忠言と支持とによって、この希望と抱負とを完遂せしめられんことを願う。

一九四九年五月三日

角川文庫ベストセラー

角川文庫ベストセラー

角川文庫ベストセラー

切開
表御番医師診療禄1

上田秀人

表御番医師として江戸城下で診療を務める矢切良衛。ある日、大老堀田筑前守正俊が若年寄に殺傷される事件が起こり、不審を抱いた良衛は、大目付の松平対馬守と共に解決に乗り出すが……。

隠密同心

小杉健治

隠密廻り同心のさらに裏で、武家や寺社を極秘に探索する隠密同心。父も同役を務めていた市松は奉行から密命を受け、さる大名家の御家騒動を未然に防ごうと捜査を始める。著者が全身全霊で贈る新シリーズ！

入り婿侍商い帖
凶作年の騒乱（一）

千野隆司

米商いの幅を広げる角次郎。だが凶作の年、信頼関係を築いてきた村名主から卸先の変更を告げられる。さらに村名主は行方不明となり……世間の不穏な空気と、大黒屋に迫る影。角次郎は店と家族を守れるか？

採薬使佐平次

平谷美樹

大川で斬死体が上がった。吉宗配下の御庭番にして採薬使の佐平次は、探索を命じられる。その死体が握りしめていたのは、ガラス棒。一方、西国でも蝗害の被害が報告されており……享保の大飢饉の謎に迫る!!

江戸城　御掃除之者！

平谷美樹

江戸城の掃除を担当する御掃除之者の組頭・山野小左衛門は極秘任務・大奥の掃除を命じられる。精鋭7名で乗り込むが、部屋の前には掃除を邪魔する防衛線が築かれており……大江戸お掃除戦線、異状アリ！